숲속 친구들의 비밀이야기

숲속 친구들의 비밀이야기

초판인쇄 | 2022년 10월 05일
초판발행 | 2022년 10월 10일
지은이 | 임서재
발행인 | 이웅현
발행처 | 부카
주소 | 대구시 달서구 문화회관길 165 대구출판산업지원센터 408호
분사무실 | 경기도 용인시 기흥구 흥덕로 101, 602호
전화 | 053-423-1912   팩스 | 053-639-1912
등록번호 | 제 25100-2017-000006호
편집·디자인 | 김두현
메일 | bookaa@hanmail.net

이 책의 내용은 저작권법의 보호를 받는 저작물이므로 무단전재와 복제를 금합니다.
*잘못 만들어진 책은 구입처에서 바꿔 드립니다.
*이 책은 대구출판산업지원센터의 '2022년 대구지역 우수출판콘텐츠 제작지원사업'에
선정되어 발행되었습니다.

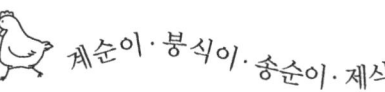 계순이·붕식이·송순이·제식이·토식이

숲속 친구들의
비밀 이야기

임 서 재

부카

서문

숲속 친구들의 비밀 이야기

계순이, 붕식이, 송순이, 제식이, 토식이

 예전 산골에서 자랄 때의 기억이 새롭다. 그 이후 도시에서 대부분의 삶 보냈지만 아직 그때의 기억이 생생하다. 그때도 여러 어려움 있었지만 그때의 고민은 대부분 일상의 주어진 것들이었다.

 그 이후 많은 세월이 흘렀고, 세상은 변하였다. 요즘 사람들은 제법 살만하고 수명도 늘었으나 만족하는 법이 없다. 더 큰 부, 더 큰 명예, 더 큰 이익 위해 자신 내던지고, 돈으로 사랑하는 이들 점수화하기에 이르렀다. 한국인의 행복지수는 세계 꼴찌 수준이다. 많은 기회주의자들이 사사로운 이익 노리며 사회 왜곡하기 일쑤고, 또

많은 사람들이 그 사회분위기에 편승하여 부화뇌동하며 살고 있는 것이다.

 인류는 과학문명 발달시켜 여러 문명의 이기 누리게 되었다. 그러나 그만큼 자연환경은 인간에 많은 것 내주어야 하였고, 많은 동식물이 멸종위기에 내몰리고 있다. 그러나 좋은 삶이란 만물과 조화하는 삶일 것이다. 왜냐면 지구 위의 모든 생명들은 서로 유기적 관계 속에 있고, 모든 생명은 태초에 한 형제에서 출발했기 때문이다.
 최근 이상기후나 지구온난화 등의 문제로 세계적 차원에서 여러 대안 찾고 있지만 각국의 이해관계나 삶 향유하려고만 드는 인류의 타락과 근원적 모순 인해 이 해결도 쉽지 않을 것으로 보인다. 그런데 삶 향유하고, 문화생활 누리는 만큼 많은 동식물의 삶은 그만큼 더 어렵게 될 것이다. 문화생활이란 타의 착취의 댓가로 나오는 게 대부분이요, 주어진 자원은 한정되어 있기 때문이다. 인류는 문명의 힘으로 다른 생명체들에 큰 영향력 가지게 되었지만, 그만큼 다른 많은 생명체들은 상대적 삶 위협

받거나 멸절되어 온 것이다.

 이러한 인류의 죄는 개인 차원에서 소박과 절제의 미덕으로 어느 정도 제어할 수 있겠지만, 먼저 이들 동식물의 삶의 질곡 잘 알고, 역지사지하는 맘 키우는 게 중요할 것이다. 그래야 그 행동이 우러날 것이다. 또한, 그들 입장 잘 안다면 그 피해 최소화하는 방법도 좀 더 발전시킬 수 있을 것이기 때문이다.

 환경파괴 인한 삶의 터전의 오염 문제와 자연과의 공존 생각한다면 이 시대 최고의 미덕은 소박과 절제로 생각된다. 그리고 역지사지일 것이다. 인류는 생물학적 유인원의 한 부류이다. 이 사실 망각하고 문명의 혜택에 둘러싸여 위선의 삶으로만 치닫는다면 결국 인류는 오히려 자연환경으로부터 버림받는 날이 올지도 모르겠다.

 또한 많은 사람들이 삶의 진실이나 진리 잘 모른 채 보고 듣고 싶은 것만 보고 들으며, 온실 속 위선의 삶 살아간다. 사회에서는 여러 왜곡과 편중된 매체가 난무하고, 또한 나서기 좋아하는 자들이 백면서생의 서푼어치 지식으로 인기몰이에 나서고 있다. 대중들은 단편지식의 편견과 오해로 무장하여 확신하듯 살아가는 경우도 많다.

이 글에서 외면되고 있는 진실이나 진리 고민해 보고, 나름의 지혜의 교훈도 다시 확인해 보고 싶기도 하다. 또한 각 생명체들의 삶 엿보며 그 아끼는 마음 함양도 기대해 본다.

여기에 보태어 저자는 기존 한글문장의 지나친 격조사 사용 인해 독자가 지치고 지루하게 되며, 이는 한국인의 독서율과 학업성취도의 저하로 이어진다고 생각하는 바, 영어나 중어의 장점 참조하여 격조사 사용 대폭 줄여 쓰는 문장의 간략화, 최적화를 새로 시도하였다.

차례

계순이 **11**

  1부 ······ 12
  2부 ······ 32

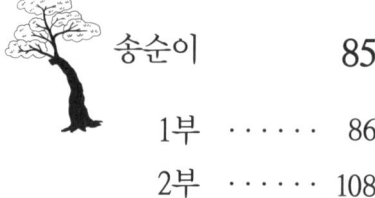 붕식이 **49**

  1부 ······ 50
  2부 ······ 69

송순이 **85**

  1부 ······ 86
  2부 ······ 108

제식이 **125**

1부 126
2부 144

토식이 **161**

1부 162
2부 180

계순이

계순이

1부

 계순이가 정신 차렸을 때는 알 속이었다. 거기에선 꼼짝달싹하기도 어려웠다. 계순이는 그곳 빨리 벗어나야겠다는 생각 들었고, 기약 없이 자신 덮고 있는 그 벽 쪼기 시작하였다. 그러자 그 벽은 곧 금가고 부서지기 시작하였다. 그렇다면 그 벽은 부석한 것이었는데 계순이가 그 영양분 다 흡수해서일 것이다. 그렇게 계순이는 세상에 나오게 되었다.

 그곳에선 많은 아이들이 함께 삐약거리고 있었다. 그 삐약거림은 '도와주세요. 나는 아무것도 몰라요.'였다. 하지만 그곳에는 달려가 안기고 보챌 엄마는 없었다. 아이들은 배고파지자 다시 맹렬히 삐약거리기 시작했는데 마치 합창소리처럼 들렸다. 그런데 어느 틈에 주위에 먹이와 물이 있었고 아이들은 그 먹게 되었다. 그곳에선 늘 같은 시간에 불이 켜지거나 꺼졌고, 늘 같은 먹이와 물이 있었다. 또한 아무것도 모르는 아이들만 있었지만 어느 누구도 그 무엇도 가르쳐 주지 않았다. 계순이는 그러한 어리둥절함 속에서 자라게 되었다.

 계순이는 어느 듯 솜털 대신 깃털이 자라나며 몸도 제법 껑충해졌다. 그리고 이성에도 관심 두게 되었다. 그러나 신비감이나 호기심 가질만한 대상은 없었는데 거기엔 자신과 똑같은 녀석들만 있었다. 또한 누구에 관심 받고

싶었다. 그러나 자신의 모습은 좁은 곳의 스트레스로 깃털이 얼마 없어 초라하였고, 몸은 어딘지 모르게 불편하였으며, 내세울만한 지식이나 지혜도 전혀 없었다.

결국 계순이는 의기소침해졌으며 어느 순간부터 더 이상 어떤 호기심도, 어떤 자신감도 가질 수 없게 되었다. 그리하여 여기저기 눈치 보며 주어진 먹이나 먹으며 초라하게 자라게 되었다.

어느 날 계순이의 몸에서 뭔가가 나오려하고 있었다. 계순이는 힘들게 그 내놓았는데 그건 피 묻은 알이었다. 그 알은 닿지 않는 저쪽에 굴러가서 처박혀 있었고 어느 순간 사라졌다. 그때부터였다. 계순이가 있는 곳에 밤늦도록 불이 꺼지지 않는 것이다. 뭐가 뭔지 종잡을 수 없어 조용한 곳에서 쉬거나 마음정리 하려해도 환하게 밝고 소란스러운 곳에서 무작정 있어야 하는 것이다. 그곳은 단 1%도 감출 수도, 감추어지지도 않는 완전 열린 장소였다. 계순이는 점차 매일 두개씩이나 알 낳게 되었다. 그러나 계순이는 왜 자신이 그곳에서 그렇게 알 낳아야 하며, 또 그것이 무슨 의미인지 잘 알 수 없었다.

 얼마나 그렇게 알 낳았던 것일까? 계순이는 그렇게 알 낳는 기계 되어 몇 계절 넘기게 되었다. 그런데 이는 헤아릴 수 없을 만큼 많이 알 낳은 것이었다. 계순이는 점점 지쳐갔고, 가슴은 텅 비어져 갔다. 결국, 계순이는 알 낳고도 더 이상 뒤돌아보지 않게 되었다. 동료들도 자신 힘들게만 할뿐인 대답 없는 그 존재들을 무시하거나 일부는 저주도 시작하였다. 급기야 어떤 녀석은 어찌할 수 없는 현실의 벽 앞에 자신의 털 뽑아내며 반항하거나 사시나무처럼 떨면서 불안해하였다. 그런데 그런 녀석들은 어느 순간 어디론가 사라졌다. 병 걸리거나 알 낳는 것이 뜸해진 동료들도 어디론가 사라져 갔다.

그런데 이미 늙어버린 것일까? 계순이는 더 이상 잘 알 낳지 못하였다. 그리고 스스로 자신의 털 다 뽑아내었다. 그렇지 않으면 미칠 것이기 때문이었다. 피 나고 멍들었지만 아픈 줄도 몰랐다. 계순이는 그렇게 자신의 몸 학대하고 있었다. 그리고 문득 계순이는 하느님 찾았다.

 "하느님, 저는 힘듭니다. 저는 어찌해볼 수 없는 곳에 갇혀 있습니다. 이 삶이 무슨 의미인지도 모릅니다. 제게 어떤 희망도 주지 않으시려거든 왜 저 낳게 했는지요?"

 그러던 어느 날, 계순이는 누군가의 손에 붙들려 밖으로 나오게 되었다. 그런데 제대로 눈뜰 수 없을 정도로

찬란하고 강렬한 빛이 갑자기 계순이 덮쳤다. 그리고 차가운 공기가 온몸 감싸고 있었다. 계순이는 두려움과 추위로 알몸인 채 오들오들 떨고 있을 뿐이었다. 그러나 차츰 눈이 덜 부시게 되었고, 계순이는 아까의 그 빛 궁금해 위 바라보았다. 푸른 색 공간이 거기에 펼쳐져 있었다. 그리고 무슨 실타래 같은 것이 거기에 둥둥 떠 있었다. 그런데 그 앞에는 열려진 커다란 공간이 있었다. 그곳에는 먼저 사라져간 동료들의 흔적이 있었다. 이곳보다 더 지독한 곳으로 여겨졌다. 수많은 동료들의 할큄과 절규가 그 속에서 메아리치고 있었다.

그때였다. 누구보다 초라한 한 아저씨가 다가와서 계순이와 몇 동료 바구니에 옮겨 담는 것이었다. 계순이는 자신도 모르게 꽥꽥 소리 내질렀다. 그 아저씨는 계순이네 옮겨 싣고 덜컥거리는 길 한참 갔고, 어느 구석진 곳에 계순이네 내려놓고 얼마의 먹을 것과 물 두고 떠났다. 계순이네는 어리둥절하며 그날 밤 아무것도 먹지 못했는데, 그 어두운 곳에서 마냥 밤 지새었을 뿐이었다.

다음날 아침 되자 계순이네는 배고파져서 그 음식과 물 조금씩 먹었다. 그리고 아저씨는 좀 색다른 먹이도 두고 갔다. 그것은 질리고, 질렸던 음식 아니었다. 그리고 푸석한 뭔가도 두고 갔는데 계순이는 조심히 그 쪼아 보았다. 그것은 뜯을 때 물기가 베어났으며 그 맛은 상큼하고 또 상큼하였다. 계순이는 그렇게 처음 보는 것들 조금씩 맛보게 되었다. 그러나 계순이네는 그 다 먹으면 제자리로 돌아와 멍하니 있었다. 버릇이었다.

아저씨는 며칠 지나 이곳에 색다른 동료 둘 데려왔다. 그 중 하나는 키 컸는데 볏이나 깃털도 더 요란하게 붉었다. 다른 하나는 보통 깃털이었다. 이들은 남의 먹이 빼앗는가 하면 천방지축으로 돌아다녔다. 그런데 이들은 계순이네에 올라 타는가하면 부리로 쪼기까지 하는 것이다. 계순이네는 너무 아팠지만 알 수 없는 소리 내지를 뿐이었다. 그러자 아저씨가 그들 다그치었고, 그들은 다소 얌전해졌다. 그런데 계순이네가 제법 깃털 많아지자, 그 녀석들은 더 이상 괴롭히지 않았고 어느 정도 친하게 지내게 되었다.

계순이네는 차츰 헛간도 돌아다니고 헛간의 벌어진 틈으로 밖도 내다보게 되었다. 하루는 늦게 합류한 한 녀석이 계순이네에 다가와 이것저것 얘기해 주었다. 자신들은 계식이와 계영이이며, 그리고 밖의 공중에서 흔들리는 것들은 나무의 이파리이며, 좀 작은 것들은 대개 풀이며, 저 위의 푸른 것은 하늘이며, 흰 뭉치는 구름이라는 것이다. 그리고 자신들은 아저씨 숙소 반대편에 있었는데 아저씨가 갑자기 이곳으로 데려왔다는 것이다.

 낮 되면 아저씨가 헛간의 출입구 열어두는 때가 있었다. 계순이네는 다만 출입구 주위에서 맴돌았는데, 어느 순간 계식이 따라 조심스레 나다니게 되었다. 밖에는 강아지와 염소도 있었다. 거기엔 여러 벌레와 풀씨와 풀잎 등 신기한 것도, 먹을 것도 많았다. 계식이는 계순이네에 많은 것 가르쳐 주었다. 계순이네는 어느새 회색이던 볏이 붉어지고, 깃털은 다소 무성해지고, 기울었던 걸음걸이는 덜해졌으며, 동작은 꽤 빨라졌다. 계순이는 아저씨가 마련해둔 둥지에 올라서 그동안 낳지 않던 알까지 다시 낳게 되었다. 계순이는 그 자랑하였다.

"꼬꼬댁 꼭꼭"

예전에 아니하던 일이었다.

아저씨는 점점 더 멀리까지 계순이네 내보내 주었다. 계순이네는 이제 조심스레 산 아래와 아래쪽 도랑까지 가보게 되었다. 산 밑에선 낙엽 덮인 흙이 있었다. 그 헤집으면 등껍질 지닌 벌레가 많았는데 먹을 만했다. 거기엔 썩다만 도토리가 있었고. 마른 풀잎, 낙엽, 꽃잎이 있는가 하면 벌레 사체나 이끼도 있었다. 가끔 개구리가 그 위 폴짝폴짝 뛰어다녔다. 가끔 다리 없는 뱀도 혀 날름거리며 지나갔다. 계순이네는 그 따라다니며 한참 구경하였다. 도랑 쪽에선 가끔 먹음직한 땅강아지도 돌아다녔는데 그들은 급히 땅속으로 숨어들려 하였다. 도마뱀도 어디든 숨어들기 좋아하였다.

계순이네는 계식이에게서 많은 것 배웠는데 자신들이 닭이라는 것도 배웠다. 그런데 계식이는 이곳은 마냥 좋은 곳이 아니며, 여기 오래 머물수록 족제비나 매나 삵이 자신들 노리게 된다는 것도 얘기해 주었다. 심지어 생쥐나 뱀, 고양이나 들개도 노린다는 것이다. 그리고 아저씨도 가끔 우리 데려가는데 다신 못 돌아온다고 하였다. 그래서 자기는 아저씨에서 늘 멀찌감치 떨어져 있다는 것이다.

그러나 계순이는 우리 해방시켜주고 돌보는 아저씨가 그럴 리 없다고 생각하였다. 그런데 며칠 후 아저씨 친구 몇이 들렀는데 아저씨는 갑자기 계영이 잡아갔고 그녀는 다시 돌아오지 못하였다. 계식이는 말하였다.

"우리는 그 어느 것도 장담할 수 없어. 우리 사랑하여 돌보는 아저씨까지도. 아저씨가 우리 사랑하는 건 틀림없지만, 그건 백수의 제왕인 호랑이가 사슴 사랑하는 것과 같은 이치일 뿐이야. 호랑이는 자신의 먹잇감인 사슴 사랑하여 바라보고, 그 잡아먹을 때도 그 사랑하여 아껴 먹으니까. 그러나 호랑이가 아무리 사슴 사랑한다더라도 사슴은 호랑이가 무서울 뿐이고, 두려울 뿐인 거지."

계순이네는 점점 밖으로 나다니게 되었다. 그런데 이상한 일들이 일어났다. 구석진 곳에 낯선 그림자가 있거나 주위가 갑자기 쥐죽은 듯 조용해지거나 뭔가가 후닥닥 지나갔다. 주위에서 아저씨가 지켜주는 듯 했지만 불안하긴 마찬가지였다. 계식이는 말하였다.

"이는 좋지 않은 징조이지. 적들이 우리 노리는 게 분명해. 우린 재빨라져야 하고 급할 때 날 수 있어야 해. 그러니 우리는 더 이상 한가히 지내면 안 돼."

계순이네는 계식이의 지시 따라 운동하기로 하였다. 음식조절도 강조되었다. 일단 달리기가 시작되었다. 계식이는 계순이네의 달리는 것에 달리기는커녕 겨우 걷는 수준이라고 지적하였다. 아저씨가 출입문 아니 열어 주는 때는 실내에서 운동하였다. 그럴 때면 아저씨는 어질러졌다며 불평하였다. 또한 계순이네는 아저씨의 바람과 달리 좀 홀쭉해졌는데 아저씨는 의아해 하며 투덜대었다. 그 사이 아저씨 친구들이 또 왔다갔는데 운동 싫어하여 불만했던 한 동료가 잡혀갔다.

여름 되자 계순이네는 더위만으로도 지쳐 운동은 자의반 타의반 그만두고 산 아래에 자주 가게 되었다. 그러나 계순이네는 밤눈 어둡기에 해가 좀 기울면 불안해져서 헛간 쪽으로 몰려갔다. 가끔은 아저씨가 좀 일찍 헛간으로 몰아넣고 출입문 닫아두기도 하였다. 그러면 계순이네는 헛간의 횃대 주위에 머물렀다가 더 어두워지면 횃대로 올랐다. 아저씨가 헛간에 계순이 키의 3~4배 높이로 긴 나무막대기 하나 가로 질러 두었던 것이다. 그곳은 계순이네가 운동하면서부터 대부분 뛰어 오르게 되었다.

그런데 어느 날 한 동료가 좁고 불안한 횃대 제쳐두고 헛간 아래에서 잠 청하였는데 한 검은 그림자가 그곳 향하였다. 그 동료는 꽥꽥 소리 질렀고 아저씨가 밤중에 달려 왔지만 검은 그림자와 그 동료는 이미 사라진 뒤였다. 다음날 계식이가 밖에 나가 보니 도랑 근처에는 그 동료 것으로 보이는 깃털이 수북이 나뒹굴고 있었다.

며칠 지나자 계순이네는 다시 경계심 풀려 산 밑에서 흙 목욕하며 더위도 식히고 있었다. 흙에 누워 있거나 뒹굴거나, 그 흙 뒤집어쓰면 확실히 몸이 시원하고 피부도 상쾌해지는 것이다. 그때였다. 하늘에서 언뜻언뜻 드리우던 그림자가 갑자기 매로 변신하여 계순이네에 들이닥쳤다. 계순이는 놀라 마구 도망쳤다. 그러나 한 동료가 그 매에 붙들렸으며 그 매는 그 움켜쥐고는 구석진 곳으로 끌고 가고 있었다. 모두는 놀라서 꼬꼬댁거렸고, 이윽고 아저씨가 긴 막대기 들고 달려 나왔다. 그러자 그 매는 그 먹이 버려두고 급히 날아올라 도망쳤다. 그러나 그 동료는 이미 잘 움직이지 못하였고, 아저씨는 그의 날갯죽지 움켜쥐고 자신의 숙소로 돌아갔는데 그 동료는 다시 돌아오지 못하였다.

계순이네는 놀라 서둘러 헛간의 횃대로 올랐고, 계순이는 계식이에 다가갔다. 계순이는 계식이에 언제부턴가 형으로 부르고 있었다.
"그런데 형은 우리가 어찌하면 좋겠어?"
계식이는 약간 뜸 들였다.
"나도 잘은 몰라. 다만 전에 얘기했듯이 날쌔고 억세져야겠지. 그 다음은 날아다녀야겠지. 그런데 동료들은 더위 핑계 대며 변화하려 않지. 변화란 고개 넘기와 같아서 그 고개 넘기만 하면 비교적 쉬워질 텐데. 그런데 그 고개 넘지 못하면 결국 제자리로 돌아가게 되거든."

계순이는 다시 따지듯 물었다.

"그런데 형은 왜 그렇게 안하고 있지?"

계식이는 심각해졌다.

"그건 모두가 외면하는 소외된 곳에서 혼자 가야하는 길이니까. 그리고 당장의 편함이 좋아 눈앞의 이익이나 행운 좇고, 삶의 근본 문제 같은 것은 잊어버리게 되니까. 그리고 그때는 절박감 없는 막연한 생각이었지."

계순이는 계식이에 더 다가갔다.

"혹시 내가 형 따른다고 하면 그 길 갈 수 있겠어?"

그러자 계식이는 한참 뜸 들였다.

"응, 알겠어. 다만 더 검토해야 해. 하지만 그 길은 정말 힘든 길이겠지. 얼마의 자유는 얻겠지만 더 초라해질 수 있고, 다른 모두 포기해야 할지도 몰라. 또 자신 억눌러야 해서 오히려 자유가 더 제약될 수도 있겠지. 주위 분노시킬지도 몰라. 대중은 지금이 최선이며 진실이라고 믿고 있는데 이들 부정하는 셈이니까. 편의주의자나 기회 노리는 부화뇌동자들은 스스로 위협 느껴 우리에 복수하려들지도 몰라. 그 결심은 절박하고, 단단해야 할 거야. 또한 어떤 경우도 후회 않으며 누구 탓도 아니 할 수 있어야겠지. 그러나 그리 되면 적어도 타의 의지 따라 사는 비굴한 삶은 면하겠지. 그리고 잘하면 삶의 새 이정표도 세울 수 있을 거야. 우리에 날개 있는 것 보면 예전에 날았었고, 또 이는 언젠가 날 수 있다는 증거라고 보거든. 그런데 말이야. 무엇 선택하든 적응 나름이겠지. 누구든 그 습성이 다를 뿐 목적은 같은 거잖아? 더 잘 살아남기!"

 계순이는 한참 고민하였다. 일단 낯선 곳에서 이방인처럼 살아야 하는 소외 문제였다. 또한 산이나 들에서의 덥고, 춥고, 눈비 오는 날씨나 포식자의 위협에 대처할 수 있어야 한다. 이는 또 다른 차원의 자신 학대일지 모른다. 그런데 내일은 장담 못하겠지만 지금껏 다행이란 행운이 자신 붙들고 있는 것이다. 그런데 계순이는 그 미래가 궁금하였다. 며칠 후 계순이는 계식이에 그 길 가고 싶다고 말하였다. 계식이는 일단 과제 정해서 계획 세워야한다고 하였고, 둘은 그 대해 한참 숙의하였다.

 다음날 아침 둘은 헛간의 구석진 곳에 있는 비밀통로로 갔다. 제식이가 그곳에서 한 나무토막 젖혀내니 한 구멍이 나왔다. 그곳 통해 둘은 밖으로 나갔고, 밖에서는 그에 맞는 바윗돌로 그 구멍 막았다. 둘은 헛간 옆의 나무로 올랐다가 가지로 이동해서 헛간 지붕 위의 평평한 곳으로 갔다. 그곳은 외부에서 잘 보이지 않는 아늑한 곳이었다. 계식이는 그곳이 마음 수양할 곳이라고 일러주었다.

계식이는 먼저 과제 정해야 한다고 하였다. 그 과제는 첫째, 어떤 포식자 앞에서든 냉철히 대처할 수 있게 마음 수양해야 하며, 둘째, 어떤 포식자 앞에서든 날쌔고 강하게 대처할 수 있게 운동해야 하며, 셋째, 평소에 이 둘 염두하여 꾸준히 수련해야한다는 것이다. 그리고 먼저 마음수양부터 시작한다고 하였다.

마음수양은 먼저 6일간 단식하여 몸 깨끗이 하는 재계(齋戒)와 조용히 마음 가다듬어 정리하는 좌선을 병행한다고 하였다. 그리고 마음수양의 목표는 첫째, 과거의 나쁜 감정 버려야 한단 것이다. 과거의 나쁜 감정에 빠져 있으면 전진할 수 없단 것이다. 둘째, 허영심과 명예심 버려야한단 것이다. 그래야 허세나 낭비가 없어지고 참될 수 있단 것이다. 셋째, 세상의 평판에 집착 않아야 한단 것이다. 그래야 목표에 더 집중할 수 있는데 그 평판이란 대개 가십에 불과하단 것이다. 넷째, 자신의 뚜렷한 미래 이미지 만들어야 한다는 것이다. 그래야 추진 동력 얻는다는 것이다.

여름이 지나고 가을로 접어들고 있었지만 한낮은 꽤 더

웠다. 둘은 먼저 충분히 물마시고, 간단히 체조한 뒤 좌선 자세로 있게 되었다. 계식이는 중간 중간에 마음수양의 네 가지 주제 일러 주었다. 그러나 계순이는 마음 수양이 쉽지 않았다. 과거의 아픈 기억들이 자신의 억울함 풀어달라고 매달리고 있었다. 또한 부귀영화 누리고 싶다며 지금의 선택 대해 힐책하고 있었다. 그리고 동료들의 질시도 두려웠다. 좋은 이미지 만드는 일도 걱정이 자주 엄습하며 쉽지 않았다.

둘은 물 마시러 하루에 한번 정도 아래에 다녀왔지만, 계순이는 중간에 몸 쓰러질 지경까지 내몰리기도 하였다. 그러나 그렇게 6일 지나니 계순이는 여러 걱정이나 불안이 많이 줄었고, 몸과 마음이 몰라보게 평화롭고 침착해졌다.

7일째부터는 차츰 먹이 늘려갔으나 음식 절제도 강조되었다. 10일째부터는 헛간 뒤쪽의 외진 공터에서 운동 시작하였다. 그곳은 여러 무서운 소문이 돌던 곳이라 모두가 가기 꺼려하던 곳이었다. 둘은 동료들이 먹이활동 하는 때에 그곳에서 달리기 하였다. 가볍게 달리기 시작하여 꾸준히 달렸으며 날갯짓과 지그재그 달리기도 곁들였다. 가끔 휴식하였지만 빈둥거리는 법 없이 조금씩 강도 높여 갔다. 그렇게 한 달 정도 달렸다.

그 다음부터는 다른 훈련도 곁들였다. 첫째, 제자리높이뛰기였다. 껑충 뛰면서 날갯짓하는 것이다. 둘째, 목운동과 쪼기였다. 왼쪽으로 목 틀면서 오른쪽으로 쪼고 오른쪽으로 목 틀면서 왼쪽으로 쪼는 것이다. 셋째, 발톱 강화였다. 이는 맹금류에 버금가는 강한 발톱 가지자는 것으로, 모래 움켜쥐기 반복 훈련이었다. 둘은 아저씨가 출입구 아니 열어주는 때는 비밀통로 통해 밖에 나가 훈련하였다.

그동안 아저씨는 을씨년스런 날씨 아니면 대개 산 입구까지 계순이네 내보내 주었다. 계순이 동료들은 대부분 통통히 살찐 채 뒤뚱거리며 돌아다녔다. 어떤 동료는 자신의 통통 몸매 뽐내기까지 하였다. 그때 아저씨는 계순이 동료 또 하나 잡아갔다.

어느 듯 겨울이 지나가고 있었다. 둘은 지난 운동 결과

시험해 보기로 하였다. 둘은 언덕진 곳 재빨리 뛰어올라도 보고, 뛰어 내려도 보았다. 지그재그로 달려보기도 하고, 굵은 나무토막 움켜쥐고 달려도 보았다. 계식이는 높은 평가 받았으나 계순이는 아직 많이 부족하단 평가 나왔다. 그때 동료들은 말하였다.

"둘은 꼭 나무작대기 같아. 뼈만 있고 살은 잘 보이지 않는단 말씀이야."

"둘은 꼭 목석같아. 표정 변화가 없는데다가 어떨 땐 한참동안 미동도 않는단 말씀이야. 그러니 무서운 생각도 들지."

계순이

2부

  계식이와 계순이는 주로 헛간의 뒤쪽에서 운동하였고, 일상에서도 꾸준히 수련하며 지내었다. 그리고 둘은 헛간에서 멀지 않은 곳의 뒷산에 보금자리 만들어 두기로 하였다. 마침 바위 옆의 뿌리 뽑혀 넘어진 나무 아래가 적당해 보였다. 그곳은 옆의 소나무 가지가 늘어져 있어, 그 이파리가 어느 정도 가려주는 장소였다. 둘은 주위에서 나뭇가지 주워 모아 그 앞쪽 한참 쌓아올렸다. 둥지가 낮으면 삵이나 오소리 등의 습격이 쉬운 것이다. 다음은 잔가지와 낙엽 끌어 모아 보금자리 만들었다. 그리고 입구가 눈에 잘 아니 띄도록 낙엽으로 그 덮어 두었다. 그곳은 꽤 아늑하였다. 둘은 가끔 그곳 들렀다.

보금자리 꾸미는 동안 둘은 서로 애틋한 사랑 감정 느끼게 되었다. 계순이가 보기에 계식이는 모르는 게 없었다. 실천력이나 준비성도 있어 보였다. 둘은 사랑하는 사이로 변모되었는데, 이는 의지하고 매달리는 관계 아닌, 서로 도와 어떤 일 공유하거나 분담하는 관계였다.

계순이는 어느 순간 새 보금자리에서 알 낳기 시작하였다. 그렇게 되자 계순이는 알 지키는데 신경 쓰게 되었

다. 그런데 그 둥지 근처에 검은 그림자가 출몰하는 것이었다. 그리하여 둘은 둥지가 의심 아니 받도록 솔잎 무성한 소나무 쪽으로 돌아서 드나들거나 멀리서 지켜보다가 위험 없을 때 드나들었다. 그런데 계순이는 문득 신경이 날카로워지기 시작하였다. 그리고 알 품겠다며 산의 보금자리에 들어박혀서 좀처럼 나오지 않았다. 그녀는 남편이 먹이 물고 오더라도 몇 먹이 먹고는 차갑게 돌아서 그냥 그 보금자리로 들어가거나, 계식이에 무작정 화내기도 하였다.

그렇게 20여일 쯤 지났을 때, 그 보금자리에서 삐약거리는 소리가 들리기 시작하였다. 계식이가 들여다보니 계순이는 아이들 돌보며 자리 정리하고 있었다. 아이들은 여섯이었다. 계순이의 몸은 완전 나무작대기처럼 변해 있었다. 계식이는 아이들 보게 되자 반가움보다 걱정이 몰려들었다. '계순이는 저렇게 역정만 내고 있으니.' 그리고 그곳은 위험한 곳이었다. 아이들은 서 있기도 버거운 듯 비틀거리고 있었다.

며칠 지나자 계순이는 좀 너그러워졌고, 계순이는 아이

들이 목말라하자 옆의 계곡에도 다녀왔다. 계식이가 그 주위 경계하였지만 아무래도 그곳은 위험하였다. 계식이는 계순이에 헛간에 들 것 얘기하였고, 그녀는 곧 아이들과 헛간에 찾아 들었다. 동료들은 아이들이 예쁘다며 야단이었다. 아저씨도 기뻐하며 곧 집도 따로 만들어 주었고, 그곳에 특별히 맛난 음식도 갖다 주곤 하였다.

봄비 내리는 어느 날, 계식이는 헛간에 머무르고 있었다. 그런데 불쑥 아저씨가 헛간에 들어와서는 한참동안 계식이에 시선 고정하였는데 계식이는 속이 뜨끔했다. 그러나 아저씨는 그냥 나갔고, 동료들은 계식이에 이런 말들 내뱉었다.
"너는 별종이야."
"몸뚱이는 나무작대기처럼 비쩍 마르고 말이야. 자주 보이지 않더니 어디 돌아다녔지?"
며칠 뒤에 아저씨는 새 식구 들여놓고 있었다. 계식이보다 덩치 큰 한 녀석과 예전 계순이 모습의 암컷 열마리 정도였다. 새 경쟁자가 오자 계식이는 초조해졌다. 아저씨는 아마 둘을 경쟁시키거나 무슨 결단 내릴 것 같았다. 그 녀석은 계식이보다 훨씬 덩치 큰데다가 털도 더 화려했으며, 다소 뒤뚱거리며 위엄 있게 나다니고 있었다.

 계식이는 그 녀석 시험해 보기로 하였다. 다음 날 계식이는 으스대며 걷고 있던 그 녀석에 갑자기 다리 내밀어 걸어 넘어뜨렸다. 그 녀석은 곧 오늘 잘 만났다는 듯 자신의 깃털에 묻은 흙 툴툴 털고는 계식이에 덤벼들었다. 그러나 그 녀석의 공격이란 계식이가 보기에 애들 소꿉놀이에 불과하였다. 계식이는 순식간에 그 녀석의 목 비틀어 땅에 눕혀 놓았다. 그 녀석은 목 짓눌려 꽥꽥거렸는데 계식이 발톱 언저리에서는 피까지 뚝뚝 흘렀다. 계식이는 그 녀석에 말해 두었다.

 "여기는 내가 아직 건재하니 삼가는 게 좋을 거야."

 계순이가 안정된 생활하게 되자 계식이는 홀로 자주 산에 올라서 수련하거나 운동하며 지내었다. 그리고 다른 보금자리 될 만한 곳도 찾았다. 마침 그리 높지 않은 꽤 늙은 소나무에 굵은 두 가지가 가까이 붙어 있는 곳 있었고, 그 아래의 가지가 좋을 듯하였다. 그곳은 비까지 피할 수 있는데다 멀리까지 볼 수 있는 곳이었는데 솔잎이 무성해서 외부에서 눈에 잘 아니 띄는 곳이었다. 계식이는 그곳에 보금자리 만들기 위해 적당한 나뭇가지 구하여 쌓아갔다. 그리고 비바람에도 고정되도록 긴 풀잎으로 엮기도 하였다. 그러나 나뭇가지 위에서 그 작업하는 것은 쉬운 일 아니었다.

며칠 뒤 계식이는 아래의 헛간에 내려갔다. 계순이네는 헛간 입구에 머무르고 있었고, 그 녀석은 암컷들 앞에

서 거들먹거리며 어슬렁대고 있었다. 계식이가 다가가자 그 녀석은 다소 놀라는 듯하였다. 그러나 그 녀석은 주위에 많은 눈이 있어 자존심 때문에도 물러설 수 없는 상황이었고, 곧 계식이 공격해왔다. 그 녀석은 자신이 전보다 강해졌다고 믿었는지 끈질기게 공격하여 왔다. 그때 아저씨가 그 싸움 지켜보고 있기에 계식이는 좀 강도 높여 대응하였다. 그러자 그 녀석은 갑자기 헉헉대다가 달아났고, 계식이는 태연히 그 자리 떴다. 며칠 뒤 계식이가 헛간에 들렸는데 그 녀석은 보이지 않았고 한 동료가 얘기해주었다. 그 싸움 후 아저씨의 몇 친구가 왔다갔는데 아저씨가 그 녀석 잡아갔다는 것이다.

그일 있은 후, 아저씨는 계식이 앞에 특별히 살코기도 던져주었다. 그러나 그 후 계식이는 한동안 산에서 혼자 수련도 하고 날기 연습도 하였다. 낮은 가지에서 순차로 다음 위의 가지로 올라서 높은 나무에 오르고는 공중에 몸 던지며 날갯짓 하는 것이었다. 가끔 실수하여 생각 못한 곳에 떨어지거나 바위 가장자리에 부딪기도 하였다. 그러나 계식이는 최고의 경지는 역시 나는 것이라고 생각하였다. 왜냐면 참새 같은 약한 새도 잘 날 수 있기에 제 수명 누리며 살 수 있는 것이다.

여름 쯤에 아이들은 둘이 줄어 넷이었다. 계순이는 계식이에 하나는 오리무중이고, 하나는 족제비가 물고 갔다고 얘기해 주었다. 계식이는 일단 계순이에 아이들 모두 횃대에 올려서 잠재우도록 부탁하였다. 그리고 오리무중의 원인 찾기로 하였다. 계식이는 지붕도, 의심되는 굴도 뒤졌다. 그런데 어느 쥐똥에 닭의 깃털이 섞여 있었다. 쥐들은 닭들과 달리 밤눈 밝은 것이다. 계식이는 면밀히 그 추적하였다.

쥐들은 도랑 쪽 언덕에 굴 뚫어 살고 있었다. 계식이는 날카로운 발톱으로 그 언덕 파헤쳤고, 과연 아이 것으로

보이는 깃털이 굴속에서 나왔다. 그러나 쥐들은 쉽게 나타나지 않았고, 계식이는 좀 높은 곳에서 지켜보기로 하였다. 그런데 저녁 되고 보름달이 떠오르자 쥐들은 하나둘 나오기 시작하였다. 옆쪽의 비밀통로로 나온 듯 했다. 이들은 한참 두리번거리다가 네 마리가 줄지어 헛간 쪽으로 이동 시작하였다. 계식이는 우선 그 언덕에서 사뿐

히 내려앉으며 좀 떨어져 있는 맨 뒤쪽부터 공격하였다. 순식간에 발톱으로 그 죄고, 부리로 쪼았다. 앞쪽에서 길 가던 다음 녀석도 한걸음에 공격하였다. 그리고 맨 앞의 둘은 서로 가까이 붙어 있었는데, 계식이는 순식간에 내달아 두 발로 한 마리씩 거머쥐고 부리로 마무리하였다. 계식이는 주위 나무에 올라 밤 보내었다. 잠은 오지 않았고 기분도 유쾌 않았다.

 계식이는 족제비 흔적도 찾았다. 그동안 아저씨는 족제비 대비해 여러 좁은 구멍도 막아두고 있었다. 계식이가 드나들던 비밀 통로도 계식이가 충분히 막아둔 것이다. 그런데 헛간 위쪽 장작더미 위에서 엇비슷한 한 구멍이 보였다. 계식이가 올라가 그 밀어보니 엇비슷이 덧대어져 있던 판자가 쉽게 더 벌어졌고, 그 귀퉁이에는 깃털이 뽑혀 붙어 있었다. 그때 마침 아저씨가 다가오자 계식이는 "꼬끼오!" 소리 질렀다. 무심코 지나려던 아저씨는 계식이 쪽으로 올려다보았고, 그는 곧 그 확인한 뒤 그곳에 못질해 두었다. 그일 있은 후 아저씨는 계식이에 큼직한 먹이 던져주곤 하였는데 계식이는 그 먹이 동료들에 나누어 주었다.

어느 날 계식이는 산에서 족제비와 마주쳤다. 계식이는 조용히 그 살피었다. 그러나 족제비는 매일같이 사냥으로 먹고 사는 동물이다. 계식이가 아무리 수련해왔더라도 결코 만만한 상대가 아닌 것이다. 계식이는 수양했던 대로 침착하였다. 흥분하면 그 자체만으로도 상당한 에너지와 집중력 잃게 되는 것이다. 한편 계식이도 튼튼한 다리와 날카로운 발톱이 있었다. 그런데 계식이가 족제비 지켜보는 모습은 마치 바위처럼 흔들림 없는 것이었고, 저승사자가 노려보는 것처럼 무서운 것이었다. 그러자 족제비는 대부분의 닭과 다른 계식이의 모습에 오히려 계식이 피해 황급히 사라졌다.

산에 있자니 하루는 매가 계식이 공격하였다. 그러나 계식이의 몸은 멀리서 보면 마치 뭉툭한 나뭇가지처럼 보였고, 가만히 있을 때는 목석으로 보였다. 움직일 때도 요란 않고 은밀히 움직였고 정지할 때는 고요했다. 그런데도 그 매가 계식이 발견한 것은 마침 그 매가 꾸준히 계식이의 모습 지켜보았기 때문일 것이다. 그런데 계식이는 어느 순간 알아차렸고, 바로 몸의 방향 틀어 자신의 우악스런 발가락과 발톱으로 대응하였으며, 목은 왼쪽으로 돌려서 부리로 그 매의 목 향해 쪼았다. 계식이의 대응은 매섭고 냉혹한 것이었다. 그 매는 급히 뒤로 물러나서는 부리나케 도망치듯 날아갔다.

 어느 날 계식이가 헛간에 내려가니 늦게 합류한 동료들만 계순이와 아이들과 함께 지내고 있었다. 새 합류한 동료들은 예의 동료들처럼 산 밑에서 흙 목욕도 하고 있었다. 그들은 계순이에서 많은 것 배웠으며, 계순이에 언니로 부르며 따른다고 하였다. 그녀들은 예전의 계순이 동료들과 달리 제법 날쌔게 나다니고 있었다.

계식이는 다시 산에 올라 보금자리 만들고 있었다. 하루는 계순이가 아이들 데리고 그곳 올라왔다. 계식이는 냉정히 아이들 맞고는 말하였다.

"멀지 않아 너희들은 각자의 삶 결정해야 될 날 올 것이다. 아무도 대신 살아 줄 수 없고 누구도 각자의 재능과 지혜 빌려 줄 수도 없다. 알아서 지혜 익혀야 한다. 어른들은 대개 도움 청하는 자에는 나름의 지혜 일러준다. 그런데 그 길 가고 안 가고는 각자의 의지와 선택에 달려 있다. 그리고 그 책임은 그 선택한 자신이 지는 것이다. 너희들은 엄마 품 떠나는 때에 각자는 뜻하는 대로 떠나가거나 살아가면 된다. 아빠에 뭘 배우고 싶다면 아빠 찾아도 된다."

 가을의 어느 날이었다. 계식이 있는 곳으로 계순이가 혼자서 올라왔다. 아이들은 이모들과 놀고 있다는 것이다. 계식이는 계순이의 초라하고 좀 늙은 모습에 가슴이 쿵 내려앉으며 아려 왔다. 두 아이 잃었지만 그 슬픔 앞에서도 냉정한 그녀였다. 계식이는 자신의 한계도 뚜렷한 듯하여 서글퍼졌다. 그러나 계식이는 생각하였다.

'아픔 없는 세상이란 없다. 그 앞에서 이성 잃으면 더 큰 위험이 다가오게 된다. 지난 일은 하는 수 없고 다음 대비해야 한다.'

계식이는 계순이에 약한 모습 보일 수 없었다.

"웬일이오?"

그녀는 한참이나 계식이 올려다보더니 띄엄띄엄 말하였다.

"여기서 살고 싶어요. 아이들은 이제 혼자서도 살아갈 수 있어요. 그리고 애들에는 새 삶 살고 싶으면 아빠 찾으라고 했으니 알아서 할 거예요. 주인아저씨는 이제 알도 제대로 못 낳는 나 어찌할 지 모르죠. 그럴 바에야 당신 곁에 머물고 싶어요."

계식이는 감격하였다. 훌륭한 품성 가진 그녀가 자신 믿어준다는 것만으로도 행복하고 감사한 일이었다. 그러나 계식이는 또다시 냉정히 말하였다.

"고맙소. 그렇지만 난 당신을 행복하게 해줄 자신 없

소. 당신은 후회할 수 있소."

그러나 그녀는 고개 가로 저으며 말하였다.

"나는 당신 곁에서 편하고 싶어서 오는 게 아니에요. 그냥 당신 곁에 머물고 싶고, 당신 지켜보고 싶을 뿐이에요. 물론 나도 힘닿는 대로 무엇이든 열심히 할 거예요."

그런데 계절은 가을이었고, 머잖아 겨울이 닥칠 것이다. 계식이는 서둘렀다. 계식이는 밤이나 도토리, 다른 열매나 풀 씨앗, 죽은 벌레 등도 부지런히 수집하기로 하였다.

계식이는 돌아온 그녀가 무척 고맙고 기뻤지만 여러 걱정도 물밀 듯 밀려 들어왔다.

붕식이

붕식이

1부

어느 골짜기에 작은 연못이 있었다. 그곳은 사계절이 뚜렷했으며 특히 여름은 더웠고, 겨울은 길고 추웠다. 붕식이는 여기서 나서 두해 째 보내고 있었다. 이곳에는 다른 종류의 물고기도 살고 있었는데 이들과는 서로 경계하거나 눈치껏 자리하여 살았다. 더운 여름날에는 산새들이 이곳에 내려와 물장구치며 더위 식히고 기생충 떨구기도 하였는데 붕식이네는 주위에 머물러 있다가 그 기생충 잡아채곤 하였다. 가물 때면 이곳의 가족은 좁은 곳에 모여 지내었다. 하지만 누구든 이곳 싫으면 이곳 떠나면 되었고, 비온 뒤 물길 넓어지면 하류로 몸 실어 떠나는 친구도 있었다.

올해 봄에는 충분히 비 왔다. 물길이 넓어지자 붕식이는 기분 좋아져서 연못 여기저기 돌아다녔다. 붕식이는 주위의 나무에 인사하였는데 나무는 알아들었다는 듯 가지 살랑살랑 흔들어 주었다. 붕식이는 친구들과 물길 넓어진 곳에서 수영도 하고 장애물 많은 곳에선 숨바꼭질 놀이도 하였다. 친구들은 연속 회전 기술이나 재빨리 턴

하는 기술, 물구나무서기 등 장기 자랑도 하였다. 붕식이는 높이 또는 멀리 뛰는 기술 선보이기 좋아하였다.

 어느 날 붕식이는 배고파서 아침부터 먹이 찾고 있었는데 한 지렁이 발견하였다. 붕식이는 그 놓칠 새라 정신없이 내달려 그 낚아채었다. 그러나 섬뜩하게도 입에 날카로운 칼날이 들어와 박히는 것이다. 붕식이는 순식간에 어느 줄에 매달리는 신세 되었고 어느 바구니에 담겨졌다. 거기엔 이미 몇 동료가 잡혀 있었다.
 붕식이네는 그렇게 있다가 한동안 어딘가로 실려 갔다. 붕식이네는 멀미 중에도 본능적 서로에 거품 뿜어 몸 적셔주고, 또 그 거품 속 희미한 공기 들이마시며 기진맥진해 있었다. 붕식이네 사로잡은 아저씨는 다른 어느 아저씨에 그 바구니 남겨놓고 떠났다. 그 사이 붕식이네 상당수는 숨 멎어 있었다. 붕식이도 아득히 조여 오는 운명 느끼고 있었다. 그런데 그 아저씨는 아직 살아있는 몇몇은 물 있는 비닐봉지에 옮겨 담더니 어느 개울에서 붕식이네 풀어 주었다. 붕식이는 혼미함 속에서도 어렴풋이

안도감 느꼈다.

 풀려난 붕식이네는 재빨리 어느 바위 밑으로 숨어들었다. 그곳은 물도 얕은데다가 맑았고, 사방이 널리 터져 있는 곳이었다. 좀 있자니 몇몇은 약한 물살이었지만 몸 맡겨 아래로 내려갔다. 위쪽은 풀숲 사이로 물이 졸졸 흘러내려 오고 있었는데 한 어린 친구는 그곳으로 꾸역꾸역 올라갔다. 아저씨는 곧 그 자리 떴다. 붕식이는 그대로 바위 밑에 있었는데 아직 어떤 자신감도 없었다.

 저녁때 소나기가 좀 왔다. 그리고 약간의 흙탕물이 내려와 물이 늘었다. 곧 밤 되었는데 알 수 없는 여러 불빛이 있었다. 붕식이는 그 흙탕물에 몸 맡겨 버렸다. 그리고 어느 물살 뜸한 곳에 머무르게 되었다. 여명이 밝아오자 여러 물고기들이 보였는데 같이 풀려났던 두 동료도 거기 있었다. 그런데 입이 좀 찢어져 있던 한 동료는 곧 더 이상 숨 쉬지 못하였다. 또 한 친구는 풀숲에서 힘없이 몸 가누고 있었다. 그곳은 그리 넓지 않았지만 꽤 깊었고, 물살이 빠르지 않았는데 물은 그곳 휘감고 아래로 흘러가고 있었다.

 붕식이가 머물게 된 곳은 뭍과 바로 연한 곳은 아니었다. 하지만 사람들은 이곳에서 가끔 낚싯줄 드리웠고, 왜가리나 오리가 찾아와 방심한 물고기 노리기도 하였다. 그곳에는 한참 자라나는 붕어들이 주로 자리 잡고 있었다. 가끔 큰 물고기들이 들렀지만 그들은 대개 한번 둘러보고는 그냥 가버렸다.

 붕식이는 배고프면 주로 용감한 녀석 뒤따라 다니며 먹이 구하곤 하였다. 얕은 물가는 위험했지만 거기서는 먹이 횡재하는 경우 많기에 조심스레 나다니기도 하였다. 그리고 시간나면 동료들과 빠르게 내달리기와 급류 오르기 등 훈련하며 자라났다.

 붕식이네는 제법 몸이 굵어갔다. 어떤 녀석은 멋진 지느러미나 비늘 가진 수컷으로 성장해 갔으며 어떤 녀석은 날씬 몸매의 암컷으로 성장해 갔다. 그런데 같이 풀려났던 그 친구는 날씬 몸매로 자라나고 있었다. 그녀는 차츰 먹이도 잘 먹게 되었다. 예전과 달리 붕식이 따라 좀 멀리까지 나다니기도 하였다. 그러나 불안하면 거기서 머물렀다가 붕식이가 물어오는 먹이 받아먹었다.

붕식이는 친구들의 지적으로 자신의 처지 어느 정도 짐작할 수 있었다.

"너는 어찌 고슴도치처럼 지느러미만 무성하냐?"

"네 몸은 어찌 그리 칼날 같냐?"

"네 등은 어찌 그리 검냐?"

"너는 어찌 즐겨 놀러 다니지 않냐?"

그러나 붕식이는 낚싯줄에 잡혀 올라갔던 친구 중 바짝 마른 친구가 오히려 풀려나는 경우 보았다. 또 함부로 나다니던 친구가 왜가리나 다른 큰 물고기에 잡아먹히는 일 본 적 있었다. 붕식이는 그런 지적에 별 개의 않았다.

어느 듯 여름과 가을도 지나고 겨울이 왔다. 날씨는 추워졌고, 물이 얼자 물이 줄어 붕식이네는 좁은 곳에서 지내게 되었다. 그런데 눈이 자주 내리며 물이 다시 늘어나자, 붕식이네는 이웃마을까지 조심스레 놀러 다녔다. 이웃 웅덩이에는 몇 동료가 있거나 다른 물고기들이 있었다. 그들은 올해에 눈이 많이 내리자 다음해에 좋은 일 있을 거라고 말하곤 하였다.

봄에는 지난 겨울의 눈이 녹고 봄비까지 내리자 물이 넉넉하였고, 먹이도 많았다. 붕식이는 봄이 시작되자 온몸이 근질거렸고, 온갖 희망과 꿈들도 솟아났다. 그녀도 어느 순간 아름답게 성장해 있었다. 붕식이는 끓어오르는 정열에 취해 그녀에 새 삶 시작하자고 말하게 되었다. 그러나 그녀는 뚱하였으며 한편 슬픔의 기운도, 불만하는 기색도 보였다. 붕식이는 너무 신중하였고, 일종의 좀생이였으며, 몸에 걸맞지 않는 지느러미에 몸은 칼날 같았다. 붕식이가 가진 것이라고는 쉽게 말하면 자존심 하나였다. 그러나 붕식이는 그녀에 행복하게 해줄 자신 있다고 말하였다. 그러나 이는 사실 거짓말이었다.

붕식이는 위험 무릅쓰고 상류에 올라가서 며칠간 훑어보고 하류에서도 구석구석 둘러보았다. 그런데 아래쪽의 넓은 강 한 편에 제법 깊은 물 있고, 그 가장자리에 풀숲과 모래사장 펼쳐진 곳이 있었다. 붕식이는 의심하는 그녀 달래어 그 풀숲과 모래톱 있는 곳으로 데려오게 되었다. 그녀는 그곳 꼼꼼히 살펴보았고, 둘은 곧 그곳으로 이사하였다. 그곳은 붕식이만한 젊은이나 어른들이 몇 머무르고 있었다.

거기서 붕식이는 보금자리 꾸몄다. 그리고 붕식이는 정열에 휩싸여 그녀에 세레나데 부르고 그녀 앞에서 춤추었다. 그녀는 물끄러미 그 바라봐 주었고 끝내 그 예쁜 몸으로 붕식이 받아들여 주었다. 그리고 서로 사랑 나누었다. 붕식이는 자신이 물속에 있는 것인지 저 하늘 높은 곳 날고 있는 것인지 모를 지경이었다. 그녀는 아름다웠다. 붕식이는 세상에서 이만한 천사 없을 것이라고 확신하였다.

붕식이는 보금자리 굳게 지켰다. 중간에 형들이 와서 행패부리기도 했으나 붕식이의 오기에 질려 모두 물러갔다. 그리고 한 달 쯤 뒤에 새 자식들이 태어났다. 붕식이는 주위 지키며 다른 이들에 접근금지 경고하였다. 붕식이의 지느러미는 더욱 앙칼지고 몸은 더욱 날카로워졌다. 그녀는 곁에서 붕식이의 이런 모습 흡족히 지켜봐 주었는데 붕식이는 그런 그녀 모습에 무한 행복 느꼈다.

 그런데 아이들은 어느 정도 자라나자 큰 물고기가 없는 상류 쪽으로 옮겨갔다. 신기하게도 아이들은 이곳 어른 물고기들의 위험 알았던 것이다. 아이들이 떠나가자 붕식이는 예민했던 신경이 어느 정도 가라앉았고 주위 돌아보게 되었는데 그곳은 물 얕은 위험한 곳이었다. 그녀도 서둘러 깊은 물 있는 곳으로 자리 옮겨 그곳 동료들과 지내고 있었다.

 붕식이는 보금자리 지키느라 먹이도 제대로 못 먹었

다. 친구들은 초라한 모습의 붕식이에 유령 같다고 놀리고 있었고, 형들은 위압적 대해 왔다. 붕식이는 풀숲에서 벌레나 지렁이도 잡아먹고 물가에서 개구리나 어린 뱀도 잡아먹으며 기력 회복하였다. 또한 수초 사이 빨리 통과하는 법과 거센 물결 거슬러 오르기 위한 폭발적 힘 모으는 법도 익히며 몸 단련도 하였다.

가을 접어들 때 쯤 올 봄에 난 아이들이 이쪽 큰물로 가끔 놀러왔다. 아이들은 어른 두려워했지만 호기심에 물끄러미 바라본다. 그 중에는 꼭 붕식이같이 지느러미 무성한 아이도 있었다. 그러나 붕식이는 생각하였다.
'자신의 삶은 자신이 알아서 개척해야한다. 그러기 위해서는 스스로 배우고 익혀야 한다. 남에서 옮겨온 지식이나 지혜의 앎은 위급 시에 지나던 과객처럼 그냥 떠나갈 뿐이다. 오직 스스로 배우고 익혀 지혜 늘려야 할 것이다.'

다음 해 여름부터는 잘 내리던 비가 끊어지며 가뭄이

시작되었다. 가끔 먹구름과 함께 빗방울이 시작되기도 했지만 이는 시늉내기에 불과하였다. 하루가 다르게 강이 말라갔다. 웅덩이들이 생기고 그에 의지하던 많은 물고기와 조개류나 벌레들이 그 웅덩이와 함께 말라 죽어갔다. 가을쯤에는 큰 웅덩이 빼고는 거의 다 바짝 말랐다. 강은 죽음의 계곡 되어 수많은 주검이 강바닥에 널브러져 있었다. 붕식이네 터전도 점점 좁아져갔고, 많은 이들이 바위 밑의 물 있는 곳으로 모여들었다. 사실 그곳은 넉넉히 살 때는 일종의 광장이었을 뿐이었다.

너구리들은 줄어든 물에서 웅크리고 있던 붕식이네 닥치는 대로 잡아갔다. 왜가리들도 붕식이네 유린하였다. 그러자 파리, 모기까지 밤낮으로 덤벼들었다. 바위 밑의 굴은 만원이었고 일부 압사도 발생했다. 모두가 제 목숨 간수하기도 바빴다. 체면이나 양심은 한낱 헌신짝보다 못한 것이었다. 특별히 누구 도울 수도, 도와지지도 않았다. 이 통에 그녀도 어디론가 사라졌다.

늦가을에 비가 제법 오자 바짝 말랐던 강에 물이 흐르

게 되었는데 수많은 주검들이 물살에 몰려다녔다. 한 젊은 친구가 낙심하며 붕식이에 다가왔다.

"우리는 어찌해야 합니까?"

"어떤 조건에서든 방심해선 안 될 테지. 우리는 겸허해야 하네. 우리에게 주어지는 조건이란 대개 우리가 어찌하지 못하는 것들이니. 또한 우리의 천적들은 늘 우리 노리고 있으니 여유가 생긴다면 그 평화 즐기려들기보다 그 시간에 여러 삶의 대안 찾거나 최악의 경우도 미리 염두하여 대비하는 게 좋겠지. 이곳에선 어느 누구도 다른 이의 삶에 대신 책임져주지 않으니."

다음해 여름, 비온 뒤의 어느 날에 물이 붉어지며 희미한 약품 냄새가 나기 시작하였다. 이어서 작은 물고기들이 죽어서 떠내려 오고 있었다. 붕식이는 눈멀고 허리 굽어 어렵게 살아가던 어른들 마주친 때 생각났다. 그들은 하나같이 물에서 약품 냄새나면 멀리 피하란 것이었다.

붕식이는 동료들에 급히 상류로 올라가야 한다고 일렀고, 붕식이네는 상류로 올라가게 되었다. 그런데 상류는 약품냄새가 더 심해지는 듯하였고 거센 물살도 있었다. 동료들은 차라리 하류로 가겠다며 내려갔다. 그런데 붕식이가 문득 강물의 좌우 살펴보니 그 냄새는 주로 좌측에서 나는 것이었다. 좌측 지류에서 유입된 것이 분명했다. 그래서 붕식이는 우측으로 올라가게 되었는데 곧 그 냄새는 사라졌다.

붕식이는 한동안 상류에서 머물렀는데 헛구역질도 나고 몸도 꽤 불편하였다. 그러나 그곳 물은 꽤 맑았고 몸은 서서히 정상으로 돌아왔다. 하지만 물이 얕아 위험한 곳이었기에 붕식이는 곧 하류로 내려갔다. 옛 터전에는 더 이상 약품냄새는 없었지만 아무도 없었다. 그러나 좀 있으니 동료들이 꾸역꾸역 모여들었다. 대개 비늘이 상했거나 등이 굽었거나 부자연스럽게 움직였다.

다음해에는 비가 자주 왔다. 봄부터 구름이 서둘러 모여들어 빗줄기가 시작되곤 하였다. 풀과 나무들은 광합성 제대로 못해 힘없이 흐늘거리고, 실처럼 가지 내밀었다. 그런데 어느 날 큰비 오자 갑자기 강이 요동치며 흐르기 시작하였다. 붕식이네는 한순간 거센 물살에 떠밀려 흙탕물 속 눈 뜬 봉사되어 뿔뿔이 흩어지게 되었다. 붕식이도 한참 떠내려갔으며, 강둑 너머의 어느 풀밭에서 멈출 수 있었다. 붕식이는 위급함 느끼고 서둘렀으나 물길은 이미 강둑 못 미쳐서 끊겨져 있었다. 붕식이는 뛰어넘거나 기어서 정신없이 나아갔고, 결국 강으로 굴러 떨어지며 강물에 닿게 되었다.

물은 급격히 줄어들었으며 또한 맑아져 갔다. 그곳은 완전 새로운 곳이었다. 물고기들은 띄엄띄엄 끼리끼리 모여들었고 모두가 휑한 모습으로 서로 확인하였는데 기존에 알던 이는 아무도 없었다.

붕식이네는 곧 터전 될 만한 곳 찾아 나섰다. 어떤 곳은 깊게 패여 있었고 어떤 곳은 온통 자갈과 흙이 뒤덮여 있었다. 어떤 곳은 각종 플라스틱이나 비닐의 쓰레기가 떠내려 와 나뒹굴었다. 적당한 터전이 없자 붕식이는 동료들과 상류로 한참 올라 옛 터전 찾았는데 그곳은 모래와 자갈이 제법 메워져 있었다. 젊은 친구가 붕식이에 걱정스레 다가왔다.

"우리는 어찌해야 합니까?"

"어려움 속 우리가 할 일은 오직 사랑이네. 이 극복하려면 우리는 곁에 있는 이들 사랑해야 하네. 우리가 힘든 속에서도 서로 사랑한다면 사랑으로 뭉친 모래 알갱이가 강한 제방도 될 수 있듯이 큰 힘 이룰 수 있고, 그러면 미래도 보이고 행복한 순간도 발견할 것이네."

그곳은 이미 다른 물고기들이 일부 자리 차지하고 있었지만 붕식이네 세력이 그들보다 세었으므로 그들은 순순히 물러났다. 붕식이네는 은신처와 터전 만들기 위해 바위 근처의 자갈과 모래 멀리 퍼내었다. 한편, 가을쯤에 여러 새 동료가 합류했으며 붕식이네의 터전은 다시 다소 북적대기 시작하였다.

붕식이는 터전이 어느 정도 안정되자 동료들과 이곳저곳 돌아다녀 보았다. 물고기들은 끼리끼리 영역 정해두고 살고 있었다. 물길 넓되, 그리 깊지 않은 곳은 잉어들이 있었다. 잉어들은 큰 먹이는 먹지 못하나 힘은 장사이고 성질은 순하였다. 유속 느린 깊은 곳에는 뱀처럼 생긴데다가 날카로운 이빨가진 가물치들이 머물고 있었다. 이들은 물 없어도 호흡할 수 있기에 가끔 땅위에서 기어 다니기도 하였고, 위장술도 좋았다. 그 아래쪽 진흙 많은 곳은 메기들이 주로 자리 잡고 있었다. 메기들은 입이 엄청 커서 자신만한 크기의 먹이도 진흙 속에서 달려 나와 삼켜버릴 수 있었다.

 붕식이네 구역은 그렇게 깊지 않고 유속 느리면서도 넓지 않은 공간의 귀퉁이였다. 그곳은 작은 바위가 두 개 있었고 붕식이네는 평소 바위 밑에 수시로 굴 파놓아 피난처 또는 본거지로 삼았다. 그리하여 다른 무리들이 자신들 영역에 들어오면 그 곳을 마지노선처럼 여기고 강하게 저항하거나 떠나가도록 위협하였다. 마찬가지로 붕식이네가 혹시 다른 구역에 들어가면 그들도 강하게 상대 위협하는 것이다.

 어느 날 일단의 가물치들이 몰려왔다. 그중 대장인 듯한 자가 말하였다.
 "앞으로 우리가 이곳 사용하겠다."

그 중에도 그의 졸개들은 붕식이네 영역 이곳저곳 멋대로 돌아다녔다. 그리고 그들은 곧 붕식이네 영역에 막무가내로 눌러앉았다.

붕식이네는 상류에서 대책 논의하였으나 다른 터전 알아보자는 의견이 대다수였다. 그렇지만 터전 옮기려면 그 있던 자들 내쫓아야하고 이는 쉬운 일도 아니다. 붕식이와 몇 동료는 같은 피해 입고 있는 잉어 무리에 가서 대책 숙의하였다. 결론은 잉어들은 가물치들 유인하여 시간 벌고, 그때 붕식이네는 얕은 물가의 가물치 새끼들 공격하자는 것이었다. 붕식이네는 그 따른 보상도 약속하였고 그리 실행되었다. 그러자 가물치들은 어린 자식들 돌보기 위해 며칠 만에 물러갔다.

붕식이네는 보답 위해 잉어들에 자신들 터전 옆의 먹이 많은 풀숲 있는 자리 잠시 양보하기로 하였다. 그러나 잉어들은 그곳의 먹이에 익숙해지니 돌아가기 싫어하게 되었고, 곧 그곳은 잉어들 터전 되어갔다. 그동안 붕식이네 몇은 다른 곳 배회하다가 포식자들에 희생되었다. 나중 잉어들이 물러갔는데, 붕식이네 사정 봐서가 아니라 가물치들에게서 자신들의 기존 터전 지키기 위함이었다.

 붕식이는 생각하였다.

'터전은 중요한 것이며 함부로 양보하면 안 된다. 이 세상 어느 누구도 자신의 터전 쉽게 양보하는 자는 없다. 어떤 대가 치르더라도 최대한 지켜야 한다. 그런데 그 터전 지키는데 남의 힘 빌리게 되면 그 이상의 대가 각오해야 한다. 터전 지켜준 것보다 더 큰 공로도 없기 때문이다. 스스로 도와서 길 만들어야 한다. 혼자서 힘들면 여

럿이 뭉치되 그 동맹도 영원히 믿을 수 없다. 스스로 깨어있어 서로 도우려는 진실한 친구가 있다면 모르겠지만. 그러나 누구든 방심, 나태, 오만, 오해의 길 접어들 수 있는 것이다.'

붕식이는 내부 힘 규합하여 터전 지킬 필요성 느꼈다. 붕식이는 스스로 그 행동대장 되어 청장년 위주로 행동대원 꾸리고 여러 훈련도 하였다. 그리고 조용한 오후, 가물치들이 낮잠 잘 때 쯤 그들의 새끼 공격하였다. 붕식이네는 흉포하기는 해도 동작 둔한 가물치들 어느 정도 따돌렸고 전과도 있었다. 그러자 그들 세력은 다소 잠잠해지게 되었다.

그리고 영역 아래쪽에 큰 물고기들의 침범 어렵도록 둔덕 만들어둘 필요 있었다. 모래와 자갈을 그 쪽으로 쌓아두어야 했는데, 전투대원 아닌 자들은 그 언덕 쌓는 일에 동원되었다. 물론 큰물 들면 그 둔덕도 휩쓸려 갈 것이다. 그러면 다시 쌓아야 한다.

붕식이

2부

 다음해부터 2년간은 비도 충분히 왔고, 날씨가 무난했다. 붕식이네가 머무는 곳은 물길이 넓어져서 주위에 살던 여러 동료도 이곳에 합류하여 함께 살게 되었다. 먹이도 넉넉하여서 점점 골라먹게 되었고, 쓰레기는 늘어갔으며 대부분 뚱뚱해졌다.

 삶에 여유가 생기자 붕식이네는 외부의 위험은 잊고 점점 내부 문제에 몰두하여 개인의 이익이나 편함 추구하게되었다. 사회에 점점 권모술수가 유행하게 되었다. 누구는 외모나 말솜씨로 순진한 이들 현혹하여 속이려 들었다. 누구는 거짓 위선으로 자신의 부정 정당화하려 하였다. 누구는 편법으로 자신만의 궁전 만들어 두고 여유 즐겼으며, 유흥문화도 생겨났다. 이곳에 사는 대부분은 '삶이란 즐기고 누리는 데 목적 있다'고 자신하기까지 하였다. 모두가 풍족했지만 좋은 것 위의 더 좋은 것, 나은 것 위의 더 나은 것 찾으며 매사 불만하여 살게 되었다.

급기야 이익단체들이 생겨나 카르텔 형성하여 집단이익 노렸고, 다시 그 이익의 분배 문제로 구성원간 알력하게 되었다. 대중들도 작은 이권이라도 챙기려 하였고, 그 뺏길 새라 전전긍긍하였다. 거기에서 소외된 자들은 한탕주의와 기회주의로 그 만회 노렸고, 박탈감 느낀 젊은 이들 사이에선 냉소주의나 비관주의도 생겨났다.

삶의 풍요와 부조리가 최고조이던 어느 가을날, 한 가물치 무리가 갑자기 붕식이네 터전에 들이닥쳐 왔다. 그들은 행동대원까지 두고 닥치는 대로 약탈하였다. 그리고 감히 대드는 자는 인정사정없이 그들의 날카로운 이빨로 물어뜯어 죽였다. 그들은 몹시 당당하였는데 스스로 정의의 사도로 칭하고 있었다. 붕식이네는 이곳저곳

헤매었고, 왜가리나 물수리는 뒤뚱이는 이들 손쉽게 사냥하는 것이었다. 잘난 자도 못난 자도, 귀한 자도 천한 자도, 부자도 빈자도 그냥 탐스런 먹잇감일 뿐이었다. 밤 되자 부엉이나 삵 등도 주위에 자주 들락거렸다.

봉식이는 평소 이런 문화에 경고했었으나 아무도 귀담아 듣는 자는 없었다. 봉식이는 초라한 중년이었으며, 챙겨놓은 이권도 없었기에 오히려 멸시와 무시받기 일쑤였다. 봉식이는 상류로 올라가 한참 숨어 있다가 옛 터전에 내려가 조심스레 살펴보았다. 아무도 없었고, 모든 게 파괴되어 있었다. 봉식이는 다시 옛 터전 정리하고 손질하였다. 한참 지나니 몇 동료가 모였다. 한 젊은이가 냉소적 표정으로 봉식이에 다가왔다.

"우리는 어찌해야 합니까?"

"어쩌겠는가? 아는 만큼 보이고 아는 만큼 살게 되는 것이니. 다만, 지금의 현실 냉정히 보고, 지금의 자신 놓치고서 그 잃어버리지 말게. 제대로 자신 지켜간다면 언제든 그 불쏘시개 삼아 새 출발할 수 있을 터이니. 다만 정확히 알고 정확히 기억해 둬야 하네. 정확 않은 지식은 고장 난 나침반과 같으니까. 그런데 그 정확한 지식은 조용히 깨어있는 극히 일부만이 가질 수 있는 것이지. 진실과 진리는 가볍고 요란한 것들에 가려져 있어서 발견하기 힘들거든. 세상 어떤 일도 안타까워할 필요 없을 것이네. 그 모두는 스스로 선택한 결과이니. 우리는 지금부터 다시 시작하면 되네. 최선하되 최악에도 대비하면 되는 것이지. 스스로 대비 않으면 어느 누구도 그 도우려 않는단 걸 기억하게. 살아있는 모두는 편의적 생활에 쉬 빠져들게 되는 자신이란 애물단지와 씨름하기도 바쁘니까. 그러니 스스로 잘못된 길 간다면 어느 누가 힘들여 그 막겠는가? 스스로 애쓰지 않는 자라면 누가 애써 그 돕겠는가?"

붕식이네는 다시 몇 동료가 합류하여 조촐히 겨울 보내고 다시 봄 맞이하고 있었다. 그런데 금방 새로 합류한 한 동료가 지금 상류에 사람들이 댐 공사하고 있다고 얘기해 주었다. 자신은 어찌할 바 몰라 하류로 내려오게 되었단 것이다. 붕식이는 생각하였다.

'물은 항상 적게 흐를 것이다. 그리고 댐이 생기더라도 사람들의 행태 보았을 때 그 옆구리로 물고기 길 만들어 둘 것이다.'

 붕식이는 동료들과 대책 논의하였다. 그러나 대부분은 붕식이의 의견 믿지 않고, 상류로 올라가는 건 불가능할 것이며, 필요하면 하류로 내려갈 것이라고 하였다. 붕식이는 일단 상류로 올라가서 댐으로 들어가리라 맘먹었다. 왜냐면 하류는 무서운 적 많아 위험하고, 또 잘못하면 하류의 멀지 않은 곳이 민물고기들이 못 사는 바다인지도 모르는 것이다. 붕식이는 우선 그 댐 소식 전한 동료에 그의 의향 물었는데 그는 상류로 가고 싶다고 하였다. 그리고 다른 두 젊은 친구도 상류로 가겠다고 하였다.

 붕식이는 여러 경우 검토하였다. 예년 경험상 머잖아 장마철이고, 그 때면 수량은 어느 정도 유지되리란 생각이었다. 붕식이는 우선 동료들에 장마 때까지 상류 지류 입구에서 훈련할 것 제안하였다. 훈련은 물 적은 곳 오르기, 장애물 타넘기 등이었다. 그 곳은 물 적고, 가파른 곳이기에 한 명은 위험 대비해 교대로 휴식 겸 망보도록 하였다. 힘든 훈련이었다. 망설이다가 합류한 한 젊은 친구는 이틀째에 포기하였다. 셋은 강도 낮춰 계속 훈련하였다. 그리고 자신감이 좀 생기자 아직 제법 물 있는 가물치 영역에서 자신들 시험해 보기로 하였다. 셋은 비교적 동작 느린 가물치들 피해 다니며 지구력 훈련도 하였다.

구름이 몰려들기 시작하였다. 그리고 곧 비 오는가 하면 개고, 개는가 하면 비 오는 날이 이어지고 있었다. 셋은 자신감 넘쳐 상류로 올라가기 시작했다. 상류에 왜가리가 길목 지키고 있을 경우는 밤이나 새벽에 올라갔다. 그런데 장마철은 달빛도 없어 캄캄하기에 밤에 오르는 것도 어려운 일이었다. 어쨌든 일행은 일주일 정도 낮과 밤 신중히 선택해 올라갔다. 문제는 이 여정이 성공할 수 있겠냐는 것이다. 길 안내자 자처했던 동료는 절반 정도 왔다고 했다. 그러나 너무 지쳐 지느러미 하나 꼼짝하기 싫은 날도 있었다. 그런데 낮에 왜가리 떼가 길목에 있어서 밤에 움직이기 시작하던 어느 날, 한 부엉이가 붕식이네 덮쳐왔다. 강변 나뭇가지에서 쭉 노리고 있었던 모양이다. 붕식이는 재빨리 내달아서 간신히 그 발톱에서 벗어났다. 그러자 그 부엉이는 지쳐있던 젊은 친구에 대들었고, 그 친구는 결국 당하였다.

올해 장마는 짧은 듯했다. 비가 점점 가늘어 지더니 구름들이 흩어지기 시작하였다. 이어서 낮에는 햇빛 쨍쨍한 날들이 연속되고 있었다. 머물만한 곳의 물웅덩이도 줄어들었다. 남아있는 웅덩이에는 대개 다른 물고기들이 있었는데 그들은 무작정 물길 넓어지기만 바라고 있었다.

어느 웅덩이에 머물던 새벽이었다. 일단의 너구리들이 갑자기 붕식이네에 덮쳐왔다. 그러나 둘은 용케도 이리저리 피하였고, 날이 밝아오자 그들은 갑자기 쫓긴 듯 풀숲으로 달아났다. 둘은 상당히 지쳐 그곳에 더 머무르며 몸 추슬렀고, 다음날에야 다시 출발할 수 있었다.

둘은 다음 행보 중 다시 지치게 되었는데 강변 쪽 나무그늘 있는 한 웅덩이 만나게 되었다. 둘은 사막 속 오아시스 만난 듯 기뻤다. 둘은 그곳에서 충분히 쉬고자 하는 맘 밖에 없었다. 그때였다. 무언가가 붕식이의 지느러미 물고 늘어지는 것이었다. 물뱀이었다. 지쳐있던 붕식이는 아득하였지만 지느러미 휘두르며 그 벗어나려 하였다. 그러나 뱀은 아랑곳 않고 입 더 벌려 몸 쪽으로 조여 오고 있었다. 그러자 동료는 그 뱀 꼬리 물고 늘어졌는데 뱀은 꼬리 마구 휘둘러 그 동료 떨어뜨리려 하였다. 갑자기 강가가 요란스러워졌고 한 물수리가 그 보았던 모양이다. 그 물수리는 곧 그 뱀 낚아채었다. 뱀은 놀라 붕식이 놓치게 되었고 그 동료도 그 놓게 되었는데, 둘은 물 없는 어느 풀밭에 떨어졌다. 둘은 정신없이 기거나 뛰어서 물 있는 곳으로 자리 옮겨갔다.

 둘은 물속 닿자마자 죽을 듯 힘들어 늘어져 있었다. 다행히 더 이상 아무 일 없었는데 정신차려보니 밤이었다. 붕식이는 동료에 감격했고 감사했다. 동료는 해야 할 일 했을 뿐이라는 듯 덤덤히 대해왔다. 둘은 밤새 그리고 다음날도 끙끙 앓으며 거기에 머물러 있었다. 그러나 삼일째는 다시 힘내어 출발케 되었다.

둘은 중간에 사람들이 강 가로막아 놓은 보 만났다. 보에서는 위에 있는 물 모아서 농경지로 보내는 듯했다. 보와 연결된 수로가 그쪽으로 향하고 있었다. 그런데 그 보는 강 아래로는 거의 물 흘려보내지 않아 물길이 단절되어 있었다. 둘은 훈련했던 대로 단번에 뛰어오르려 하였다. 그러나 물 없어 탄력 얻을 수 없었고 둘은 맨땅에서 그 도전하였다. 붕식이는 일곱 번째, 동료는 열 번째 만에 성공하였다. 둘은 뛰어오를 때 제대로 숨도 못 쉬었기에 너무 지쳤고, 둘은 한참동안 빈사 상태로 있었다. 이때 포식자라도 나타났다면 둘은 꼼짝없이 당했을 것이었다.

 둘은 자의반 타의반 그곳에 한참 머물렀다. 그곳은 물이 꽤 넉넉했고 여러 물고기가 살고 있었다. 둘은 이곳의 달콤함에 곧 익숙해졌다. 둘은 다음 출발 미루거나 용기 잃어가고 있었다. 그런데 동료는 이 보는 한시적 시설일 것이라고 얘기하였다. 그리고 물이 실제 좀 줄어들자 붕식이는 동료에 재출발하자고 하였다. 그는 선뜻 대답 아니 하였다. 자신감이 많이 줄어든 것이다. 그러자 붕식이는 한 꾀 내었다. 댐 위는 아마 아름답고 넉넉한 신세상

일 것이며, 지금의 모든 고생은 보상받고도 남으리란 것이었다. 그는 곧 출발하자고 답하여 왔다. 이곳 다른 동료들에도 그 의향 물어보았으나 호응자는 없었다.

둘은 다음날 아침에 다시 길 나섰다. 그런데 상류로 올라갈수록 물은 줄어들었고 햇볕은 연일 내리쬐어 물 온도도 점점 올라갔는데, 어느 땐 물이 펄펄 끓는 듯하였다. 붕식이는 보에서의 달콤한 생활이 그리웠다. 그런데 동료는 이제 멀지 않았다고 얘기해 주었다. 둘은 다시 힘내어 물이 덜 뜨거운 이른 새벽에 주로 올랐다. 며칠 더 올라가니 과연 떡하니 댐이 보이기 시작했다. 둘은 신나서 정신없이 내달았는데 댐 근처까지 오게 되었다.

하지만 마지막 관문이 남은 듯 했다. 더 심한 경사와 더 적은 물길이다. 둘은 한 웅덩이에서 대책 숙의하였는데 일단 거기서 충분히 휴식하자는 결론이 났다. 그런데 그곳의 물은 매우 덥다 못해 뜨거웠다. 붕식이는 잎 무성한 나무 아래가 제법 선선했던 기억났다. 그런데 그 동료는 너무 지쳐있었고, 붕식이는 혼자서 이곳저곳의 나무 이파리 모아 물위에 띄워두었다. 그럭저럭 견딜만해졌다. 오늘 충분히 휴식하고 내일 단숨에 오르자는 계획이 었다.

다음 날 새벽 붕식이는 동료 깨웠다. 그런데 동료는 끙끙대며 힘들어하고 있었다. 하는 수 없이 붕식이는 하루 더 그곳 머물기로 하였고, 나뭇잎 더 구해와 한낮의 더위에 대비했다. 그런데 동료는 별 차도 없었고 붕식이가 잡아 온 먹이도 잘 먹지 못하였다. 그날 오후 그는 말하였다.

"나는 더 이상은 힘들 것 같네. 그렇지만 후회 않아. 그동안 고마웠네. 태어나서 처음 참 나 발견한 것 같아. 도전 없는 비굴한 삶은 어떤 보람도, 의미도 없을 것이란 것도 깨닫게 되었지. 그 동안 숱한 도전하며 힘들게 여기까지 와서 이리 되었지만 나는 행복했네."

한참 지나자 그는 더 이상 숨 쉬지 않았고, 웅덩이 한편으로 밀려져 조용히 흔들리고 있었다.

붕식이는 다음 날 새벽에 일찍 출발하였다. 그런데 붕식이는 자신이 붕어인지도 잊게 되었다. 오로지 그 올라야 한다는 절대 목표만 있었으며 여러 방편도 고민 않았다. 물 없는 곳 깎아지른 절벽도 있었지만 붕식이는 모든 수단과 방법 총 동원해 기거나 뛰어넘거나 하며 올라가게 되었다. 몸과 지느러미는 저절로 자기 할 일 충실히 이행했던 것이다. 그렇게 한참 올라가니 과연 댐 한편에 물고기들이 지나다닐 수 있게 터놓은 곳이 있었다. 그곳도 호락 않았지만 붕식이는 그곳 넘어 올라갔다.

 붕식이는 댐 물에 도착하였다. 그 곳은 과연 댐 아래에서 적은 양의 물이 흘렀던 만큼이나 많은 물이 모여 있었고, 거의 끝 보이지 않을 만큼 넓은 곳이었다. 물고기는 거의 없었고 구석구석에 몇 피라미가 노니는 정도였다. 그러나 한참 돌아다니니 몇 동료가 있었고 끼리끼리 모였다. 붕식이네는 우선 터전 삼을 곳 찾았다. 적당한 곳은 많았고 물은 어딜 가나 충분했다. 천국이 있다면 이러할 것이었다.
 그런데 문득 붕식이는 그녀가 생각났다. 그녀는 애틋이 붕식이 바라보며 미소 짓고 있었다. 붕식이 눈에선 눈물이 핑 돌았다. 한참 그렇게 있었다. 한 젊은 친구가 의기양양한 모습으로 붕식이에 다가왔다.

"우리는 어찌 살아야 합니까?"

"특별히 좋은 삶이란 없을 것이네. 모든 존재는 타의 희생 딛고 그 이용하여 살아가는 존재이니. 다만 우리 모두는 태초에 한 형제에서 출발했으니, 서로 아끼려는 맘이 중요하다고 보네. 그리고 여러 지식 쌓는 것이 좋을 것이네. 정확히 알면 그 피해 최소화하는 방법도 발견할 수 있을 테니까."

다음 해는 몹시 가물었다. 이 댐도 물이 꽤 줄었다. 어느 날 붕식이는 수문 쪽에서 강 아래 내려다볼 기회 생겼다. 강 아래쪽은 완전 말라있었다. 가끔 내렸던 빗물은 이 댐에서 모조리 가둬 버린 것이었다. 붕식이는 이 댐에서 후배들에 자신의 지난 모험담 전해주며 편안한 노년 보낼 수 있었다.

송순이

 송순이

1부

 봄비가 왔다. 봄비는 대개 소란 떨지 않으며 조용히 그리고 꾸준히 내린다. 그러기에 봄비는 스미지 않는 곳 없다. 어느 봄날 아침이었다. 송순이는 머리가 깨질 듯 아팠다. 살펴보니 자신의 머리에서 무언가 뿔처럼 나온 것이었다. 그리고 그 뿔은 습기 있는 쪽으로 조금씩 길어졌다. 다음날에도 송순이는 머리가 다시 아파 왔다. 그런데 이번에는 그곳에서 침들이 돋고 있었다. 송순이는 생각해 보았다.

 '혹시 내가 소나무로 자라려는 것인가?'

 송순이는 지난 날 떠올려 보았다. 자신은 어느 늦가

을 솔방울에서 떨어져 나와 바람에 날리다가 어느 언덕에 떨어졌었다. 돌아보니 자신은 그곳에 있었고 지금은 다만 좀 더 옆쪽 바위 아래에 자리하고 있었다. 송순이는 곧 뿌리는 아래로 향하고 몇 개 이파리는 위로 향한 채 엉거주춤 서있게 되었다. 새로 나온 작은 이파리들은 자기들끼리 햇볕 쬐거나 자리다툼하고 있었다. 지나던 바람이 한 마디씩 하였다.

"너 꼭 송충이 같구나!"

"너 꼭 솔 같구나!"

송순이 옆에는 가시나무가 있었다. 그의 가지는 촘촘했고 마디마다에 가시가 있었으며 귀엽고 작은 새 잎 내고 있었다. 그 반대쪽엔 억새들이 있었다. 그들은 불어오는 바람에 부드러운 새싹 연신 까닥이고 있었다. 그 너머에는 형제자매들로 보이는 싸리나무 몇 줄기가 보였다. 그들은 구부정한 허리이면서도 봉화처럼 새순 치켜들고 있었다. 아래쪽에는 큰 키의 참나무가 있었다. 그는 무슨 구경이라도 하는 듯 송순이 내려다보며 새 이파리들 팔랑이고 있었다. 그 참나무 옆에는 아까시나무가 있었다.

아까시나무는 바람에 흐트러진 새 이파리들 달래어 가지런히 줄짓고 있었다.

　송순이는 첫해에 주위의 키 큰 나무들 인해 제대로 햇빛 볼 수 없었다. 특히 아래쪽 참나무는 키 큰데다가 큰 이파리 무성히 내고 있어 송순이는 오전과 오후 늦게 잠깐 햇빛 볼 뿐이었다. 그러자 송순이는 할 수 있는 게 별

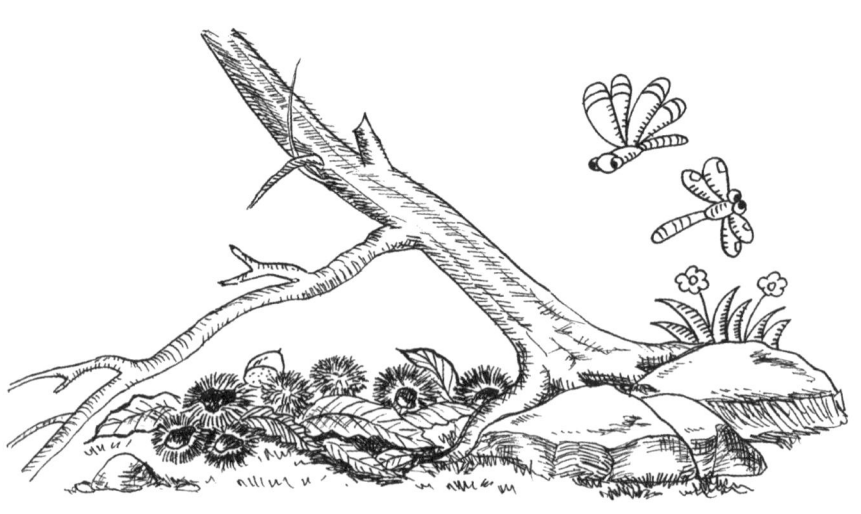

로 없었다. 하루는 옆의 가시나무에 하소연하게 되었다. 가시나무는 조그만 잎들 사이로 한창 꽃 피워내고 있었는데 그 꽃들 다독이며 말하였다.

"기다려봐, 버티고 노력하면 언젠가 좋은 날 오는 법이니까."

어느 듯 겨울이 오고 눈 내렸는데, 지나던 사슴이나 토끼는 눈 덮인 송순이 위로 맨땅인 줄 알고 짓밟고 다녔다. 그런데 송순이는 겨울에도 푸른 잎 가지고 있었다. 송순이는 서둘렀다.

'참나무가 무성해지기 전에 좀 자라나야 한다.'

눈이 좀 녹자 송순이는 불어오는 바람에 구부러진 목이나 허리 곤추었다. 그리고 아침 일찍부터 미리 이파리 펼쳐 해 기다리고, 햇빛 따라 이파리 움직여 방향 틀고, 해가 넘어가기까지 발돋움하여 광합성하려 하였다.

다음해 봄에는 지난 겨울이 그리 춥지 않자 살아남은 많은 유충이 벌레로 자라났다. 그들은 주로 참나무 가지마다에서 미리 기다리고 있었다. 마침내 그 참나무에서 부드럽고 맛있는 잎이 돋기 시작하자 그들은 벌떼처럼 달라붙어 그 이파리들 갉아 먹었다. 결국 대부분의 이파리들이 뜯기었거나 심지어 이파리 없는 꼭지만으로 자라났다. 그에 반해 송순이는 참나무의 방해 적어 꽤 자라게 되었다. 송순이는 올해 두 개의 새순 더 내었는데 이제 본줄기 포함하여 세 가지였다. 뿌리도 뒤쪽으로 하나 더 내었다. 그쪽은 바위 아래여서인지 꽤 단단하였고, 유기물도 없는 곳이었지만 송순이는 아랑곳 않았다.

 가을이 오고 있었다. 가시나무는 가지 끝에 열매껍질의 모포 두른 까만 아기열매 매달고 있었다. 억새들은 무성히 자라나서 씨앗뭉치 덩그렇게 내어 놓고는 불어오는 바람 느긋이 즐기고 있었다. 싸리나무는 올해도 고만하게 자라나서 갈색 초롱모양의 열매 맺고 있었다. 참나무는 초라했다. 이파리들은 폭탄 맞은 듯 흩어져 있었고 늦게 낸 일부 가지와 이파리들은 가냘프게 매달려 엄마 보채고 있었다. 달린 도토리도 거의 없었다. 그 옆의 아까시나무는 벌써 많은 이파리가 노랗게 단풍들어 있었는데 그는 말하였다.

 "우린 서둘러 한해 마무리하고 봄 준비하지, 왜냐면 우린 봄이면 수많은 꽃 주렁주렁 피워내야 하거든."

 다음 해는 봄이 한창인 때 뒤늦은 꽃샘추위가 찾아왔다. 결국 수많은 새순과 이파리와 꽃잎이 얼었다. 이파리와 꽃은 곰보 모습 되었거나, 얼어 죽은 부분과 붙은 채로 자라났거나, 아예 얼어 죽었다. 뒤늦게 새 이파리나 꽃이 나오기도 했지만 초라했다. 갑자기 한창 푸르러지던 산천은 앙상해졌으며 을씨년스러워졌다. 그리고 가뭄이 이어지며 여름의 땡볕이 시작되었다. 나무들은 우선 물 찾기 바빴다. 송순이는 주로 아래쪽으로 더 뿌리내리려 하였는데 중간에 작은 바위가 있어서 그 우회하였다. 그 아래에는 물기가 좀 있는 곳이었다.

 가을에는 비가 좀 왔으나 이미 늦었다. 많은 나무와 풀들은 겨우 목숨만 부지하였거나, 일부 가지가 죽었거나 본줄기까지 죽었다. 옆의 억새는 가을도 되기 전에 이미 그 잎이 퇴색되어 있었다. 이번 겨울에는 눈이 제법 내렸다. 하루는 가시나무 아주머니가 불어오는 바람에 어깨에 쌓인 눈 툭툭 털어내며 말하였다.

"내년에는 비가 많이 올 것 같아."

 다음해 초여름쯤에는 큰 소낙비가 한번 왔다. 여러 나무와 풀들은 서둘러 자라나고 있었다. 어느 날 오후 접어들 때 쯤, 검은 구름덩이 하나가 옆산 너머에서 빼꼼히 고개 내밀었다. 그러더니 그 옆에 졸개구름들이 덩달아 늘어섰다. 그리고 '둥둥둥둥~' 이쪽으로 진군해 오는 것이었다. 곧 컴컴해졌으며 번개와 천둥이 번쩍거리거나 폭음 내었다. 이어서 그들은 앞잡이로 바람 대동하여 이곳저곳 몰아쳤다. 그리고 본진이 들이닥쳐서 물 대포 쏘기 시작하였다. '두두두둑~' 많은 나무와 풀들은 억수같은 비에 휘청거렸다.

 빗물은 나무 줄기 위로도 도랑처럼 흘러내렸으며, 미처 땅속으로 스며들지 못한 물들은 이리저리 도랑 만들며 맹렬히 아래로 내달렸다. 도랑들은 그 주체할 수 없게 되자 '콸콸', '우르렁' 등 여러 비명 질렀다. 그런데 갑자기 비가 잦아들었고, 동쪽 하늘에 이쪽 산과 저쪽 산 연결한 아름다운 무지개가 떴다. 무지개는 한참 그렇게 머물렀다. 어려움 속에서도 나무들은 그 바라보며 위안 얻었다. 구름들은 자신들의 할 일 했을 뿐이라는 듯, 또는 볼일 다 봤다는 듯 동쪽으로 한참 물러났다. 처음과 달리 초라해진 모습이었으나 개선장군처럼 으스대며 물러갔다.

 소낙비가 그치자 송순이는 주위 돌아보았다. 가시나무는 제법 이파리 떨어져 있었지만 쳐졌던 가지 치켜 올리고는 겨드랑이 말리고 있었다. 억새는 비바람에 몇 이파리는 꺾여 있었고, 몇 이파리는 구겨져 있었지만 바람이 불어오자 그 이파리들 제쳐가며 구석구석 몸 말리고 있었다. 싸리나무는 가냘픈 허리 가진 하나가 그 형제들끼리 하고 있던 어깨동무 풀고는 자신의 팔 이리저리 휘젓고, 또 바람에 잠깐 허리 곧추 세우며 말하였다.
"우리는 다만 비바람에 몸 맡겨 버리지. 우리는 견디는 데는 이골 나 있거든. 그런데 우린 지금 한창 꽃 피워내야 해."
 과연 싸리나무들은 가지 끝에 꽃봉오리 매달고 있었으며 일부는 피어 있었다. 바람이 불어오자 싸리나무는 허리에 힘 없어 출렁거렸는데 마침 찾아온 꿀벌도 같이 춤추다가 꽃에 앉곤 하였다.

아까시나무는 허리가 활처럼 굽어 있었다. 그는 이파리와 꽃이 제법 땅에 떨어졌는데도 아직 수많은 꽃 주렁주렁 매달고 있었다. 여러 벌들은 아직 빗물 머금고 있는 꽃들에 다가왔고, 이곳저곳 망설이다가 앉곤 하였다. 그 꽃들은 빗물에 몸 무거워 힘들어 보였지만 아까시나무는 자신의 꽃잎 내밀어 벌들 반겨 맞았다.

참나무는 그의 긴 줄기에서 아직 빗물이 흘러내리고 있었다. 송순이는 그의 큰 키 부러운 듯 올려다보게 되었다. 그러자 그 참나무는 일부 마른 이파리 팔랑이며 얘기해 주었다.

"우리는 깊게 뿌리박지 않아. 대신 멀리 보내려고 하지. 그래야 빨리 자랄 수 있으니까."

여름도 끝자락이던 때 태풍이 지나갔다. 하루는 수많은 구름들이 몰려들었다. 그들은 각기 흰색, 회색, 검은색, 청색 운동복 입고 있었는데, 이윽고 천둥의 총성이 울리자 맹렬히 달려 나가기 시작했다. 어떤 구름은 낮은 곳에서, 어떤 구름은 높은 곳에서 달렸다. 어떤 구름은 힘에 부친 듯 뒤쳐졌고, 어떤 구름은 새로 모여들어 가세했다.

그리고 어느 순간 하늘은 컴컴해지며 바람과 비는 '형님먼저 아우먼저' 서로 주고받기 시작했다. 비바람은 다양했다. 어떤 곳은 비만, 어떤 곳은 바람만 불었다. 어떤 곳은 비바람이 시작되었고, 어떤 곳은 그 잦아들었다. 어떤 곳은 북쪽으로, 어떤 곳은 동쪽으로 몰아쳤다. 어떤 곳은 세찬 비가, 어떤 곳은 보슬비가 내렸다. 그렇게 중구난방으로 몰아치던 비바람이 2일 째부터는 잠잠해졌다. 일부 미련 남아 이곳저곳 드나들던 바람도 뒤늦게 앞서간 동료들 따라 떠나갔다.

태풍 중 어떤 곳은 산이 통째로 무너져 내렸고, 새 도랑도 생겼다. 많은 나무가 부러졌거나 뿌리째 뽑혀 쓰러졌다. 그런데 비바람이 한창인 즈음 송순이 앞의 흙이 갑자기 움찔거렸다. 그러더니 참나무의 큰 키 지탱하던 뿌리가 뽑히거나 찢어지며 아래쪽으로 넘어지는 것이었다. 그 참나무는 넘어지며 '찌직', '우르렁', 그리고 '콰당' 소리 내었다. 송순이가 서있던 자리도 휩쓸려 아래로 좀 미끄러졌는데 송순이의 뒤쪽 뿌리도 끊어졌다. 송순이는 정신 잃을 뻔하였다.

　태풍의 비바람이 떠나가자 상처 입은 많은 나무와 풀들은 새 이파리 내거나 있던 이파리 가다듬고, 열매 보살피고, 다시 뿌리 내었다. 송순이도 끊어진 뿌리 옆으로 다시 새 뿌리 내었다. 이때 나무와 풀들의 부산함은 이루 다 헤아릴 수 없는 것이었다. 앞의 참나무는 넘어진 상태로 이파리 유지하고 도토리도 맺으려 했으나 점차 메마르며 죽어갔다.

　다음해 봄에는 참나무 아래에서 살던 칡넝쿨이 위로 뻗어오고 있었다. 이 넝쿨은 쓰러진 참나무 올라타고 한참 머물더니 초여름쯤에는 다시 맹렬히 위로 올라와서는 먼저 가시나무 올라탔다. 그리고 뒤따르던 작은 줄기는 송순이 머리 위로 올라탔다. 칡넝쿨은 가시나무와 송순이 위에 올라타고는 무수히 가지 내며 자라났다. 그리고 바람이 불어오면 그 넓은 이파리 팔랑거렸다. 가을에는 그

곳이 흔들침대인 듯 느긋이 기대어 흔들거리며 가을의 정취 즐겼으며, 석양 즐기고, 밤에는 달빛까지 즐겼다.

송순이는 점점 햇볕도 제대로 쬘 수 없었으며 목은 짓눌려 구부러졌다. 비 오면 이들은 더욱 무거웠다. 그리고 겨울이 왔는데 칡넝쿨은 이파리는 말랐으나 떨어뜨리지 않았고, 마침 눈이 와서 그 위로 쌓이자 송순이는 매일같이 그 무거운 짐 이고 있어야 하였는데, 그 고통은 말할 수 없이 큰 것이었다.

그런데 어느 날 칡넝쿨 좋아하는 토끼들이 모여들었다. 이들은 때마침 내린 눈 때문에 옮겨 다니기 쉽지 않자 한동안 그 자리에 눌러 앉게 되었고, 대부분의 그 칡넝쿨 갉아 먹어 버렸다. 송순이는 그 무거운 짐 벗게 되었는데 푸른 하늘 훨훨 날 수 있을 것 같은 해방감과 다행감이 함께 몰려왔다. 송순이는 몸 추스르며 주위 둘러보게 되었다. 그런데 가시나무는 허리가 부러져 있었다. 칡넝쿨이 올라타고 있고 눈도 덮여 있어 송순이는 그 아주머니가 허리 부러진 줄도 몰랐었다. 그렇게 가시나무는 죽어갔다.

 그 다음해에는 모처럼 대풍이 찾아왔다. 날씨는 순조로워서 나무와 풀들은 무성히 자라났다. 송순이도 굽어진 목 다시 곧추면서 부지런히 자랐다. 억새 옆에서는 들국화도 새로 자라나고 있었는데 바람에 자주 까닥이곤 하였다. 올해는 많은 나무들이 이파리든 열매든 모두 풍성하였다. 가을도 막바지에 이르자 많은 나무와 풀들이 단풍 옷으로 갈아입었다. 억새는 연노랑 옷을, 싸리나무는 빨강과 노랑 옷을, 아까시나무는 진노랑 옷이었는데 일부는 그 옷 입은 채 땅으로 떨어졌다. 그러나 누구도 슬픈 빛 없었다.

산천은 빨강과 노랑과 아직 단풍 안든 초록이 섞여 온통 색동옷 갈아입은 것으로 보였다. 나무들은 바람 불어오자 춤추기 시작하였다. 어떤 나무는 허리 드러내어 만세 부르고는 좌우로 흔들거나 옆의 친구와 어깨동무하고는 좌우로 일렁거렸다. 어떤 나무는 옷 벗어 빙글빙글 돌리거나 연날리기처럼 위로 파라락 솟아올랐다가 내려앉았다. 어떤 나무는 귀신처럼 머리 거꾸로 하거나 다리 꺾어 쓰러질 듯 누웠다. 어떤 나무는 같이 모여서 강강수월래 하거나 같이 손뼉 치며 노래 불렀다. 심지어 어떤 나무는 덤블링까지 하였는데, 그럴 때면 온 나무들이 '와~', '와~' 소리 질렀다.

송순이는 송충이가 곰실거리는 춤 추었다. 억새는 마임처럼 솟아올라 어깨춤 추었다. 싸리나무는 엉덩이 내밀어 흔들거나 허리 휘휘 내둘렀다. 들국화는 한 송이 꽃 피우고 있었는데 작은 이파리들 까닥였다.

새 바람이 불어와 저쪽 산에서 파도타기가 시작되면 온 산이 같이 응하여 파도타기 하였다. 한쪽 산이 한 응원 끝내면 맞은편은 색다른 다른 응원으로 분위기 돋우었다. 너나 할 것 없이 흥분과 기쁨으로 얼굴이 붉게 물들었는데 지나던 두루미도 날갯짓 잊고 지켜볼 만치 먹먹하고 황홀한 축제였다. 나무들은 보름달이 환하게 밝아올 때면 흥분하여 늦게 까지 잠들지 않았으며 서로의 춤 대해 평가하거나 여러 얘기 나누다가 늦게야 잠들었다. 그러나 금세 날씨는 추워졌고 많은 이파리들은 서둘러 땅에 떨어지기 시작하였다.

　올겨울은 추운 날이 많았다. 동장군은 자주 출몰했다. 동장군은 일단의 졸개 풀어놓고 그들 진두지휘하였다. 졸개들은 그의 지휘 따라 구석구석 약하고 배고픈 자들에 엄포 놓고 겁주었다. 형편이 좀 나은 자들에는 그의 부장들이 닦달하여 괴롭혔다. 그러나 좀 센 자들에는 장군이 직접 나섰다. 장군은 인정사정없이 그들 멱살 잡고 흔들거나 대드는 자들은 내동댕이 쳐버렸다. 그러자 다른 나무들은 앞으로 조심하겠다며 연신 굽실대는 것이었다.

 겨울 되면 나무들은 대부분 옷 홀딱 벗는다. 그리고 어디 앉지도 기대지도 못한 채 죄인처럼 줄지어 선다. 발은 땅에 꽁꽁 묶여있어 꼼짝할 수 없다. 그러나 하늘 숭배하는 듯 자신의 팔들은 높이 펴들고 있다. 그리고 겨울밤의 매서운 칼바람이 '쏴아~'하고 그들 몰아붙이면 그들은 밤새 속죄하거나 기도하며 운다. '우우~', '우우~'. 그러나 그들이 무슨 죄 지었단 말인가? 그들은 주어진 최악의 조건에서도 단 1%도 최선 않는 경우 없는데 말이다. 그러나 이는 어떤 조건에서도 살아남을 수 있도록 단체 훈련하는 건지도 모르겠다.

 나무들은 어떤 처벌이나 훈련도 달게 받는다. 지레짐작으로 물러나지도 않으며 어떤 조건도 수용한다. 그들은 사람들의 도끼날이나 톱질에도 몸부림치며 괴로워할지언정 반항 아니 한다. 한줌의 흙에서 났다면 그 조건에서 최선하며 메마른 땅 기름진 땅도 분별 아니 한다. 그들에겐 오로지 주어진 조건에서의 최선만 존재한다. 그들은 태초에서부터 온갖 생명들이 뿜어내는 이산화탄소 섭취

하고 그들이 필요로 하는 산소 뿜어내어 만물 살려내게 하려는 목적의 존재였는지 모를 일이다.

 봄이 시작될 무렵 산불이 났다. 많은 나무들의 잎눈은 봉긋해져 있었다. 곳곳에서 찬바람과 따뜻한 바람이 서로 자리 바꾸며 불었고, 회오리바람도 자주 지나다녔다. 그러던 어느 날 인가 쪽에서 한줄기 연기가 피어나서 한동안 안개처럼 골짜기 속으로 퍼져갔다. 그리고 바람이 일자 시뻘건 불꽃이 제법 보이기 시작하였다. 산불이 난 것이다.
 바람은 능선 쪽으로 맹렬히 불기 시작했고 산불도 따라서 올라오기 시작했다. 아래쪽에서는 이미 '피육', '슈욱', '타타타' 등 수많은 아우성과 비명이 난무하였다. 송순이는 뿌리에서 물 최대한 빨아들여 품고 있었다. 불은 일단 선발대가 진지 마련하면 본진이 이곳저곳 뒤지며 불 지피었다. 전공따라 큰 보상이 기다리고 있기 때문일까? 불길은 서로 경쟁하듯 바람 따라 위로 올라왔는데, 미처 못 태운 것 태우려 아래로 내려가는 늦깎이도 있었다. 불길은 주로 낙엽 많은 곳 위주로 맹렬히 타올랐다. 나무들은 다만 발만 동동 구르고 있을 뿐이었다.

옆의 억새는 순식간에 '화락' 타올랐고, 싸리나무는 불길에 휩싸여 몸부림쳤다. 그러나 불길이 송순이 쪽으로 직접 올라오진 않았다. 참나무가 있던 앞자리가 맨땅이었기 때문이다. 그러나 송순이 머리 위로 불길이 넘실대었다. 그렇게 불길이 지나갔고 전쟁터의 패잔병들이 내는 신음소리와 한탄소리가 곳곳에 메아리쳤다.

한줌 재로 변한 그들의 분신들은 불어오는 바람에 여기저기 흩날리다가 죽은 영혼 흩어지듯 어디론가 떠나버렸다. 며칠 지나자 비 오기 시작했는데, 나무 유령들 위로 빗물이 흘러내렸다. 그들은 그 빗물 떨쳐내려고도 않고 빗물 속 밤낮으로 '우우~', '우우~' 울었다. 그리고 그들은 서로 확인하였다.

"당신은 얼굴이 왜 그렇게 검고 창백하오?", "난 불지옥에서 너무 오래 헤맨 대다가 너무 많은 피 흘렸소.",

"당신 몸은 왜 그리 뭉툭하오?", "화마가 내 사지 잘라 먹었소."

 "당신 몰골이 왜 그리 휑하오?", "나는 모든 걸 잃었소. 꿈도 더 이상 꿀 수 없게 되었소."

 "당신 몸뚱이는 왜 그리 진물이 많이 흘러오?", "내 몸은 화마에 심하게 그을렸소. 언제 아물지 기약 없소."

 결국 송순이 이파리도 몇 개가 죽었으며 몇 이파리에선 진물이 흐르기 시작하였다. 송순이는 부지런히 치료에 전념하였고, 새 이파리 내거나 뿌리 더 뻗어두려 하였다. 대부분의 나무들은 불에 타죽었거나 시름시름 앓다가 죽어갔다. 그러나 수많은 풀들과 나무들이 땅속에서 새로 올라왔다. 억새풀도, 싸리나무도, 가시나무도, 참나무도, 아까시나무도 여기저기서 올라왔고, 그 외 수많은 나무와 풀들이 같은 출발선에서 새 출발하며 뒤엉켜 자라났다.

먹이가 넉넉하고 그 뜯기가 알맞게 되자 사람들이 이곳에 염소 데리고 자주 오게 되었다. 대부분의 풀과 나무들은 그 이파리나 새순의 목이 잘려졌다. 새로 난 고사리도 목 없이 자라났다. 송순이도 이파리 몇 개가 뜯겨 나갔다. 많은 나무들은 정원의 나무들처럼 오글오글 뭉쳐서 자라나게 되었다. 그러나 차츰 훌쩍 자라나는 나무도 늘어났는데, 그러자 염소들은 더 이상 오지 않게 되었다.

염소들이 자주 이곳 찾을 때는 벌레도 많았다. 벌레들은 땅속에서도 여러 군락 이루어 살았다. 그러자 두더지들은 이 벌레 잡아먹으려 땅속 쏘다녔는데, 송순이 한쪽 뿌리도 잘라먹고 지나갔다. 송순이는 그쪽 뿌리가 말라

한동안 힘들게 지내었다. 뒤이어서 쥐들과 그 쥐들 노리는 뱀들도 그 드나들었다. 그러나 몇 번 비 오자 대부분 굴은 내려앉게 되었다.

거미도 많았다. 거미는 대개 한 나무의 가지 끝에서 다른 나무 가지 끝으로 거미줄 쳤다. 가을에는 유독 이슬이 많이 내리는데 이슬방울은 거미줄에 대롱대롱 매달려 있었다. 그리고 그 이슬이 말라가면 하나 둘 여러 날벌레들이 거기에 걸려들었다. 그런데 큰 먹이라도 걸리면 거미줄에 연결되어 있던 가지의 새순들도 함께 발버둥치다가 시퍼렇게 멍들거나 죽기도 하였다.

가을 되자 수많은 잠자리 떼가 종일 하늘 날기도 하였다. 어떤 무리는 트랙 돌 듯 줄지어 맴돌았고, 어떤 무리는 왕복달리기처럼 짧은 거리 재빨리 오갔으며, 어떤 무리는 너울진 파도처럼 먼 거리 천천히 오갔다. 어떤 무리는 하늘 높게, 어떤 무리는 작은 나무에 부딪힐 듯 낮게 날았다. 여러 무리가 섞여 하늘 수영했지만 그들은 부딪을 만하면 어느 하나가 잠시 그 수영 멈추어 주었다. 그 와중에도 어떤 무리는 낮은 곳에 앉아서 연신 자신의 굵은 눈 굴리며 자신의 수영할 차례 기다리고 있었다.

　메뚜기나 여치 등 곤충들도 많았는데 그 먹이 삼는 새들도 모여들어 그 잡아 먹고는 아무데나 물똥 내질렀다. 많은 나무들이 그 물똥 뒤집어쓰고 가을 보내곤 하였다.

송순이

2부

 많은 세월이 흘렀다. 송순이는 산불 때 살아남은 몇 나무와 함께 이제 고참에 속하게 되었다. 그동안 수많은 소낙비, 장마, 태풍, 가뭄, 그리고 극한 추위도 있었지만, 송순이는 무사히 살아남아 꾸준히 자라났고, 지금은 많은 솔방울 내어 멀리까지 자신의 씨앗 날려 보내게도 되었다. 그리고 길 가던 큰 새들의 단골 쉼터일 정도로 가지도 굵어졌고 길어졌다. 그들은 이곳에서 멀리까지 살펴보고 다시 길 잡아 떠나게 되었다.

 사람들은 이곳에 지게나 무거운 짐 내려놓고 송순이의 그늘 아래 바위에 걸터앉아 쉬다가 갔다. 그리고 마을 사람들이 송순이의 늘가지에 그네 매달아 두고 그네뛰기 한 적도 있었다. 그에는 조심히 타는 이가 있었고 그 가지보다 더 높이까지 뛰어오르는 이도 있었다. 송순이는 가지가 휘청이며 힘들었지만 그 구령에 맞춰 춤까지 추어주었는데 그들이 즐거우면 송순이도 즐거웠다. 그 때문인지 송순이에 두 손 모으고 절하는 이도 생겨났다.

참새들은 주로 여름에 떼 지어 와선 이것저것 톡톡 건드려 보고는 급하게 떠나갔다. 심지어 먹음직 먹이 발견하고도 한 친구가 날아오르면 그 버려두고 덩달아 날아올랐다. 그들은 가지에 앉을 때도 한 방향으로만 앉았다. 그들은 겁쟁이들이었으며 서로에 기대어 사는 가냘픈 존재였다. 그러나 그들은 새벽부터 밤늦게까지 끊임없이 쏘다녔다.

회색의 뻐꾸기나 노란 꾀꼬리도 들른 적 있었다. 뻐꾸기는 봄 되면 이산저산 옮겨 다녔다. 오늘은 앞산, 내일은 뒷산, 다음날에는 옆산. 그 다음날에는 그 너머 산에서 짝 찾으며 '뻐꾹~ 뻐꾹~' 울었다. 꾀꼬리는 오래 머물지 않고, 머물더라도 그 몸 색깔과 비슷한 이파리 쪽에 머물러서 자신 숨기기 좋아하였다. 그들은 피리소리처럼 '쫴애~애~액' 하며 노래 불렀다. 그가 아름다운 목소리로 노래 부르기 전에는 그의 존재 잘 알 수 없었다.

딱따구리도 머문 적 있었다. 송순이의 몸 어떤 곳은 썩어갔고 벌레들이 숨어들어 덧나기도 했는데 딱따구리가 줄기에 구멍 내고 그 굼벵이들 잡아먹었다. 한번은 딱따구리가 송순이 줄기에 충분히 구멍 뚫어 보금자리 만들어 살다가 다른 곳으로 이사 갔다. 그러자 여러 날짐승들이 그 구멍 찾아들었다. 딱따구리는 자연계의 건축업자였다.

소쩍새나 올빼미가 그 구멍

에 머문 적 있었다. 어떤 해에는 날다람쥐가 자리했다. 또 드물게 꿀벌들이 이곳 머물기도 했다. 소쩍새와 올빼미는 밤 되면 '소쩍~ 소쩍~'또는 '후우~ 후우~' 울어대었다. 날다람쥐들은 위험할 땐 몸 펼치고서 순식간에 수십 미터 아래까지 날아가 감쪽같이 사라졌다. 꿀벌들은

꽃들이 한창인 때는 무거운 몸으로 마치 헬리콥터 소리 내며 급하게 날아들었다.

  매, 독수리, 부엉이도 송순이 가지에 가끔 머물렀다. 매는 한 쌍이 송순이의 높은 가지에 나뭇가지 모아 둥지 튼 적 있었다. 그곳에선 머잖아 하얀 솜털 가진 아기들이 태어났는데 아이들의 먹이 성화는 대단해서, 엄마 아빠는 기죽은 채 꽤 어두운 밤중에도 황급히 들락거리곤 하였다. 먹이는 주로 매미나 잠자리, 개구리나 도마뱀, 생쥐나 다른 작은 새, 그리고 뱀이나 물고기도 있었다. 아이들은 제대로 그 못 삼켜 캑캑거리기도 했는데 어느 정도 자라나자 훌쩍 떠나갔다.

  독수리는 사방이 잘 보이는 이곳에 앉아 한참 먹잇감 살폈다. 그러면 무심코 날아들던 어치나 비둘기는 깜짝 놀라 달아나기 바빴고, 청솔모나 다람쥐도 황급히 숨었다. 계곡 가로지르던 장끼도 깜짝 놀라 다른 곳으로 진로 틀었다. 독수리는 무언가 발견하면 아래로 쑥 몸 던지며 날개 펼치었는데 소리도 없이 수km는 쉽게 날아갔다. 그리하면 이곳 산천은 갑자기 쥐죽은 듯 조용해지는 것이다.

 부엉이는 밤의 제왕이었다. 밤에 모든 짐승들이 조심히 움직이는 것은 이 부엉이 때문이었다. 부엉이는 야심한 밤에도 곧잘 '부엉, 부엉' 울며 짝 찾거나 자신의 존재 드러냈고, 그에 걸려든 먹잇감은 그 다음날 아침에는 나풀거리는 몇 깃털만 남기기 십상이었다.

 파랑새도 자주 찾아 왔었다. 그들은 송순이 머리 위에서 '딱딱~' 또는 '따아악~' 소리 내며 서로 쫓고 쫓기는 듯 날아다니곤 하였다. 그들은 아름다웠다. 부리와 발은 붉었고 목은 주로 연두색, 몸통은 주로 녹색과 파랑색이었다. 그리고 날개깃과 꽁지깃은 검었다. 대개의 새들이 맹금류 무서워해 낮게 날고 급히 숲속으로 숨어들었지만 그들은 아랑곳 않았다. 그들은 허공에서 유유히 선회하기도 하였는데 고도가 좀 낮아지면 재빨리 몇 번 날갯짓하여 솟아오르고는 서서히 나선형으로 회전하곤 하였다. 그런데 펼친 날개 안쪽에는 마주보는 흰색 태극무늬가 선명했다. 이들은 태극새라고도 불렸는데 이는 보기만 해도 가슴 먹먹해지는 것이었다.

  하늘에서 무심코 딱딱거리는 소리 들리는 때 있었다. 그리하여 그 소리의 위치 찾아보지만 좀처럼 못 찾는 경우 있었다. 그러나 까마득한 하늘에 초점 맞추고 있으면 너울대는 작은 점들이 보였다. 그 점들은 서로의 뒤 쫓는가 하면 멀리 떨어져 있었고, 서로 떨어지는가 하면 붙어서 너울대고 있었다. 송순이는 시간 가는 줄 모르고 그 올려다보곤 하였는데, 조금도 싫증 아니 나며 늘 가슴 먹먹해지는 것이었다.

  길 가던 왜가리나 두루미도 가끔 날아들었다. 특히나 두루미는 그 몸매가 아름다웠다. 머리에는 빨간 왕관 쓰고, 목과 다리는 유난히 길었으며 몸통은 순백색이었으나 깃은 검었다. 그들은 대개 먼 길 가던 중 송순이 가지에서 쉬었다가 길 떠났다. 나무에 앉아 들 때 그들은 천천히 선회하다가 우아하게 내려앉았다. 그리고는 고개 뒤로 젖히고 하늘 향해 요란히 소리 내었다. '뚜루루루, 뚜루루루.' 이 울음은 송순이가 보기에 이런 의미였다.

'이 나무는 쉬기 좋아. 여기에 머물 수 있어서 다행이야!'

어떤 때는 며칠 머물렀는데 이때는 저 아래 쪽 습지에 들락거리거나 송순이의 넉넉한 가지에 앉아 쉬었다. 이들은 쉴 때에도 그 고귀한 자태 한 번도 흐트러뜨리지 않았다. 그리고 어떨 땐 무리지어 송순이 머리 위에서 한참 선회하였는데 그것은 말할 수 없이 가슴 설레게 하는 장관이었다. 그들의 날개에서는 '쏴아~'하는 바람소리가 들렸다. 바람이 좀 세게 불면 그들은 그 긴 날개 넓게 펼쳐 제자리에 서 있듯 멈출 수 있었는데 송순이는 자신의 눈 의심했었다. 그리고는 어느 샌가 훌쩍 떠나갔는데 그 아쉬움은 말할 수 없이 컸다.

밤은 별들의 세상이다. 해 지기 시작하면 별들은 빼꼼히 자신의 얼굴 내밀었다. 유성은 산발적 나타나서 밝은 빛내며 순식간에 지나가는데 이는 지루한 밤 심심 않게 하는 것이었다.

북쪽에는 별들이 그리 많지 않은데 그 중심에 움직이지

않는 북극성이 있었다. 7개의 별로 된 북두칠성은 이 북극성 주위 돌았다. 12개의 여러 별자리들은 주위에서 북극성 호위하는 듯하였다. 그러기에 나무들은 북극성이 천지 주관하는 절대자일 것이라고 생각하였다. 주관자인 그로부터 모든 생명이 잉태되며 죽더라도 그곳으로 돌아간다고 생각하였다. 그 아래에는 무수한 별들이 모여 있는 은하수가 있었는데 저승과 이승 오가게 하는 강일 것이라고 믿었다. 태어날 때 북극성에서 한 생명 내려 보내주면 북두칠성의 두레박이 그 받아들고 은하수로 내려 보내어 한 생명이 태어난다고 믿었다. 그리고 죽게 되면 그 은하수의 황천 건너 북두칠성의 두레박 타고 다시 하늘나라로 돌아간다고 믿었다.

그리하여 나무들은 큰 어려움 닥치면 북극성 바라보는 버릇 있었다. 그런데 사람들도 그러한 모양이었다. 그들은 정화수 떠놓고 그에 비치는 북극성 바라보며 소원 비는 것이었다. 가끔 이른 새벽에 그 목적으로 찾아오는 이도 있었다.

송순이가 터 잡은 곳은 제법 우뚝한 곳이다. 그러기에

비바람이나 겨울 폭풍이 몰아치면 송순이는 온몸으로 그 맞게 되었고, 뿌리까지 들먹거려지곤 하였다. 그때는 송순이가 애써 뒤로 깊게 뻗어둔 뿌리가 큰 힘 되어 주었다. 그 곳은 딱딱했기에 송순이가 힘들여 뻗지 않았다면 그쪽 뿌리는 다만 고구마처럼 굵어지기만 할 것이었다.

송순이는 큰 재목으로도, 그렇다고 못난이로 자라난 것

도 아니었다. 물론 중간에 목수나 나무꾼이 송순이에 다가와서 한참 재어보던 때 있었다. 그러나 그들은 고개 갸웃거리고는 그냥 돌아갔다. 재목으로 쓰기에 줄기가 몽땅하고, 땔감으로 쓰기엔 아까웠던 것이다. 물론 햇볕 제대로 못 쬐어 삭정이 된 가지나, 비바람에 꺾이거나 벌레 먹어 죽게 된 가지나 아래쪽 늘가지는 나무꾼이 땔감으로 끊어간 적 있었다.

송순이 뿌리 아래에는 다람쥐들이 살았었다. 그들은 자신들의 쉴 곳, 달아날 곳 만들어 두고 왕국처럼 살았다. 그리고 뱀들이 그곳 잠깐 살았고, 다음엔 토끼들이 이 굴 넉넉히 넓혀 이용하였는데 이 굴 통해 많은 바람이 들어오자 송순이는 힘들었었다. 그런데 지금은 오소리들이 이 굴 더 넓혀 머물고 있다.

송순이는 하늘 나는 새들 보면 날고 싶었고, 나다니는 짐승 보면 자신도 훌훌 나다니고도 싶었다. 그러나 아무리 힘들어도 앉거나 누울 수 없었으며 자세조차 바꿀 수 없었다. 자신에 연해 있는 흙만 매일 같이 있었고 자신에 연해 있는 친구만 거의 매일 같이 있었다. 송순이는 끝없는 인내로 주어진 제자리 주구장창 지키며 가뭄이나 비바람이나 눈보라 온전히 맞아야하는 자신의 운명에 괴로워한 때도 있었다. 누가 자신에 다가와 가지 꺾고 자신의 둥치 베어간다더라도 자신 보호할 수단 하나 없는 것에 절망한 때도 있었다.

이 숲에서는 바이러스의 돌림병이 돌거나 벌레들의 지나친 공격으로 죽어간 나무도 많았다. 성급히 자라난 나무들은 큰 비바람 때에 뿌리째 뽑혀 넘어졌다. 또한 덩굴식물이나 옆의 경쟁자에 치여 햇볕 충분히 못 쬐어 죽어간 나무도 수없이 많았다. 한편, 사람들은 언제든 도끼나 톱으로 무엇이든 베어가는 것이다. 사실 송순이는 그 어느 것도 장담할 수 없었다.

산의 아래쪽 나무들은 고개만 들면 제법 높은 곳에 사는 큰 나무인 송순이 우러러 보게 된다. 그러기에 송순이는 함부로 태만할 수 없었다. 자신이 방자하면 많은 나무들이 그 배울 것이었다. 송순이가 자신 다독이며 최선해 살아가는 것은 자신도 위함이지만 결국 다른 나무도 위하는 것이다. 송순이는 생각하였다.

'나 바로 세우는 것이 곧 세상 바로 세우는 길이다. 내가 바로 서서 잘 살아낸다면 모두가 바로 서려할 것이다. 세상은 아름답기만 한 건 아니다. 꾸준한 노력과 인내가 필요하고 그 다음에야 잠깐의 여유와 평화 누릴 수 있다.

이는 긴 목마름 뒤에 마시는 식수처럼 잠깐의 순간에 찾아드는 것이다. 그리고 곧바로 다음 인고의 길 접어들어야 한다. 세월은 누구든 그 가만두지 않기 때문이다. 신께선 나만 사랑 않는다. 자신의 피조물인 모든 존재 아끼고 생로병사 보살핀다. 다만 진실하고 정성된 자는 더 사랑하여 아낀다. 그러나 어느 누가 방종한다면 신께선 무척 실망할 것이고, 그는 곧 버려질 것이다.'

송순이는 아침이면 아래쪽 나무보다 먼저 해 맞이하고 저녁이면 가장 늦게까지 그 배웅한다. 물론 그만치 길게 그림자 드리운다. 그러기에 송순이는 충분히 자란 다음부터는 더 이상 높이 자라려 아니 하였다. 위쪽엔 이파리도 짧게 유지했다. 자신이 우뚝 높으면 그만큼 다른 나무에 크고 짙은 그림자나 드리게 되는 것이다. 또한 비바람에 그만큼 자신이 위험해지는 것이다. 그렇다고 소극적으로만 산 건 아니었다. 자신 바로 세워두고 당당히 살되, 자신 지나치게 내세우지 않은 것이었다.

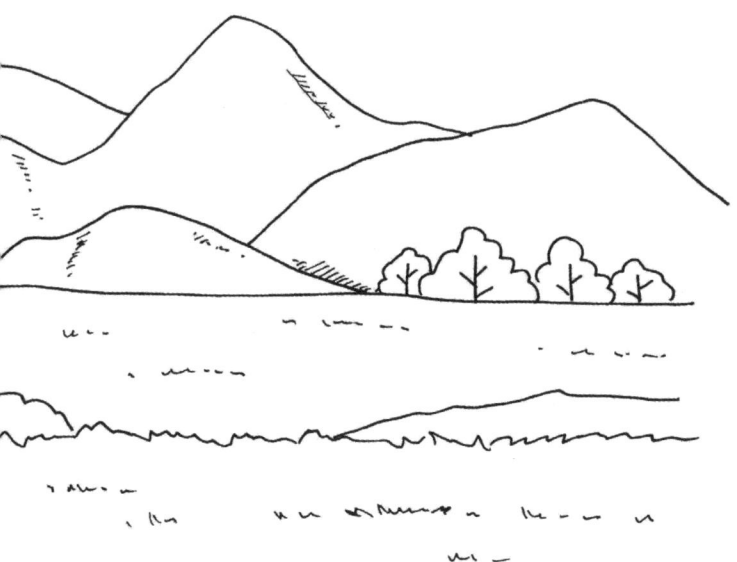

제식이

제식이

1부

 제식이는 알에서 갓 깨어난 벌거숭이의 아기 새였다. 제식이는 눈도 제대로 못 뜬 채 형제자매들과 둥지에 같이 있었다. 그러나 희미한 시각의 밝기와 귀로도 충분히 상황파악할 수 있었는데 날이 밝아 오면 아빠는 부지런히 먹이 물어 왔고, 엄마는 그 받아서 아이들에 나눠 먹여주곤 하였다. 그런데 아이들이 좀 자라나자 엄마 아빠는 번갈아 먹이 물어오기 시작하였다. 아이들은 힘껏 입 벌려 자신의 입에 그 넣어주길 바랐다. 먹이는 대개 파리, 모기, 하루살이, 날벌레 등이었다. 네 형제자매는 그렇게 먹이 받아먹고는 둥지 밖으로 엉덩이 내밀어 배설

하곤 하였다.

 밤이면 아이들은 둥지 속 엄마의 날갯죽지 속에서 잠잤다. 대신 아빠는 처마 안의 어느 줄 위에 있었다. 제식이는 엄마의 날갯죽지 사이로 그 아빠의 모습 지켜보곤 하였는데 아빠는 그곳에서 꾸벅꾸벅 졸거나 자세 고쳐 잡곤 하였다.

 아이들은 어느새 깃털이 생기며 몸이 껑충해졌고, 둥지가 다소 비좁아지기 시작하였다. 그러자 엄마는 주로 처마 아래 전깃줄에서, 아빠는 밖의 빨랫줄에서 밤 보내었다. 밖의 아빠는 그렇게 찬 이슬 맞으며 가끔 '쩹쩹쩹쩹' 소리 내었다. 그러면 엄마도 거기에 응해 '쩹쩹쩹쩹' 답해 주곤 하였다.
 아이들이 점점 자라나자 아이들의 먹성은 대단하였고 먹이성화도 심해졌다. 비가 억수같이 오는 날에도 아이들의 먹이성화는 대단하였고, 엄마 아빠는 먹이 구하러 다녀야 하였다. 엄마 아빠는 그렇게 아이들 허기 좀 달래주고는 처마 아래의 전깃줄에 앉아 좌우로 몸 흔들어 빗물 털어내는 것이었다.

제식이네 보금자리는 어느 시골집 처마 아래의 벽이었다. 그곳에선 처마 아래로 뜨락과 마당이 빠끔히 보였는데 그 집엔 어느 할범과 할멈이 살고 있었다. 그런데 그 영감은 엄마 아빠가 먹이 구하러 나간 사이 가끔 제식이네 넘겨보았다. 제식이는 처음에 그 늙은 얼굴이 무서웠지만 차츰 익숙해져 갔다.

저녁에는 방에서 비치는 불빛이 둥지까지 은은히 비춰주었다. 집안에서는 여러 소리가 들렸는데 기계음이 반복적 들리는가 하면 두런두런 얘기하는 소리도 들렸다. 그리고 어느 순간 그 불이 꺼지면 깜깜한 밤이 되었다.

엄마 아빠가 먹이 구하러 나간 어느 날이었다. 한 까치가 갑자기 마당에 내려앉더니 곧장 제식이네 쪽으로 날아올라 왔다. 그러나 둥지는 지붕아래에 가까이 붙어 있어 덩치 큰 까치가 내려앉기 쉽지 않았는데 그 까치는 영감이 둥지 아래에 받쳐둔 오물 받침대에 내려앉았다. 그리고 고개 빼어 둥지 속 들여다 보더니 제식이의 한 형제

물고는 다시 날아오르려 하였다. 그 순간 아빠가 그 까치 공격하고 있었다. 그 소란스러움에 영감님이 빗자루 들고 달려 나왔다. 그러나 까치는 여전히 그 입에 문채 날아올라 도망갔다. 얼마 뒤에 제식이 엄마가 와서 혼비백산해 있었지만 이미 어쩔 수 없는 일이었다.

그 일 이후 아빠는 주위에 살고 있던 까치들 자주 공격하였고, 가까스로 까치의 반격 피하곤 하였다. 그리고 어느 날 한 까치가 다시 제식이네 둥지 근처에 접근해오자 아빠는 다시 그 공격하였다. 그러나 그 까치는 곧 몸 돌려 강한 부리로 아빠 공격했으며 아빠는 그대로 땅에 고꾸라지고 말았다. 아빠는 날갯죽지도 제대로 못 편 채 다시 덤벼들었지만 그 까치는 무자비했고 아빠는 제식이네 곁으로 다시 돌아오지 못하였다. 그 일 이후 영감은 둥지 아래의 받침대는 없애버렸고, 까치만 보면 큰 막대기로 위협하였다. 그러자 그 까치는 곧 다른 곳으로 이사 갔다.

제식이 가족은 그 충격 인해 한동안 멍하니 지내었다. 그러나 엄마는 곧 정신수습하고는 다시 먹이 구하러 들락거렸다. 엄마는 늘 배고파하는 아이들 때매 잠시도 가만있지 못하였다. 엄마는 곧 지쳤고, 지나던 매가 공격하였다. 지쳐있던 엄마도 결국 매에 당하였다.

엄마 아빠 모두 잃은 아이들은 굶주림 속 내버려져 있었다. 제식이네는 한참 훌쩍 자라나고 있었지만 갑자기

아무것도 못 먹은 채 비쩍 말라갔고 갈증도 심해져 갔다. 그러던 중 그 영감이 고개 내밀어 제식이네 확인하고는 여러 음식 준비해 주었다. 파리, 모기, 하루살이, 여치 등 잡아 왔고 밥알도 먹여 주었다. 그 영감은 방안의 방바닥에 제식이네 내려두고 먹이 먹여주기도 하였다. 다만 그 다 먹으면 다시 둥지에 올려 주었다. 제식이네는 다시 그럭저럭 성장할 수 있었다. 제식이네는 이제 둥지의 테두리까지 오르거나 둥지에 매달려 자주 날갯짓도 하게 되었다.

하루는 형이 밖으로 날아올라 빨랫줄에 있었다. 그곳에서 형은 말하였다.

"힘내어 날아 봐."

제식이는 곧 형 따라 그리로 날아갔다. 남은 동생도 곧 형들 따라 날아가려 하였다. 그러나 막내는 미처 날지 못해 땅으로 떨어졌다. 그러자 마침 지나던 고양이가 들이닥쳤고 그 고양이는 막내 잡아갔다. 제식이 형제는 빨랫줄에서 온몸 덜덜 떨며 그냥 있을 뿐이었다. 그러나 형은 곧 정신 차리고 말하였다.

"이대로 있으면 적들이 또 우리 노리게 될 거야. 아니면 굶어죽겠지."

형제는 차츰 잘 날게 되었다. 그리고 다른 동료 따라다니며 먹이 구하는 법도 배우게 되었다. 동료들은 주로 산기슭, 도랑가, 풀숲, 논둑이나 밭둑 근처에서 먹이 구하였다. 그들은 내려앉지 않고서도 먹이 낚아채고 있었다. 그러나 제식이 형제는 아직 서툴렀는데 다행히 기어가는 벌레나 개미, 죽어가는 하루살이 등이 논둑이나 밭둑에 심심찮게 있어서 거기에 내려앉아 먹이 구하곤 하였다. 그러나 하루 이틀 지나자 먹이 잡는 요령이 점점 늘어갔다. 배불리 먹게 된 제비들은 같이 모여 전깃줄이나 언덕에서 쉬기도 하였는데 그곳에서 여러 얘기 나누기도 하였다.

"쨉쨉쨉쨉", "쨉쨉쨉쨉"

형제는 어느새 비행 중 땅에 앉아 있는 먹이까지 낚아

채게 되었다. 그러나 제식이는 탁 터진 곳 아니면 아주 낮게 날지 않았다. 그리고 좀 낮게 날더라도 중간에 솟아올라서 시야 재확보하곤 하였다. 한 동료가 낮게 날다가 어느 포식자에 갑자기 희생되는 것 본 적 있었기 때문이다.

형제는 다리가 가냘팠기에 땅에 내려앉거나 내려서 걷는 걸 좋아 않았다. 맨땅의 먹이도 땅에 내려앉기보다 날면서 그 낚아채려 하였다. 땅바닥에 쉴 때도 재빨리 날아오를 수 있는 터진 곳 좋아하였다.

형제는 산이나 산 너머가 궁금해서 가끔 산으로도 다녔는데 산에는 먹이가 드물었다. 매미나 잠자리가 간혹 있었지만 큰 매미는 제식이로서도 버거운 먹이였고, 송충이나 기는 벌레들이 나뭇가지에 있었지만 잔가지나 이파리 때문에 낚아채기도 쉽지 않았다. 숲속으로 나는 것도 장애물이 많아 쉽지 않았다. 하지만 형제는 힘들 때는 가끔 나무에 앉아 쉬었고, 나무 위의 기는 벌레 낚아채려 노력도 해보았다.

제식이는 먼 곳에서도 그 영감의 모습 알아볼 수 있었

다. 그의 여유 있는 걸음걸이는 좀 독특하였다. 그 영감이 밭이나 논에서 일하고 있으면 숨어있던 여러 날벌레들이 놀라서 날아오르기에 주위에 먹이가 많은 편이었다. 영감은 주로 논둑이나 밭둑에서 풀 베거나, 논밭에서 잡초 뽑는 일 하거나, 두둑 만들거나, 농작물 수확하거나 하였다. 제식이는 그 영감 주위 날아다니기 좋아하였다. 주위에서 날고 있다가 그 가까이로 날아가 먹이 낚아채는 것이다. 그 영감은 하던 일 멈추고 한참동안 제식이의 그런 모습 물끄러미 바라보곤 하였다.

 제식이는 그 영감 주위에서 날고 있으면 언제나 마음이 든든하고 안정되었다. 혹시 위험한 일이 닥치더라도 그 영감이 꼭 지켜줄 것만 같았다. 그 영감은 아침에 집 나서면 종일토록 들에서 꾸역꾸역 일하기도 하였다. 그리고 늦은 저녁에야 지게나 소달구지에 뭘 잔뜩 지거나 싣고서 집으로 돌아가는 것이다. 제식이는 그런 영감의 일터에 자주 머물렀다.

 그런데 형은 이런 제식이에 불만하였다.

 "사람이란 믿을 수 없어, 언제든 자신의 편의대로 맘이 변할지 모르니까. 그 영감이 우리에 선의 가졌다더라도 그의 오해나 편견, 방심이나 어리석음이 결국 우릴 위험으로 내몰게 되겠지. 그가 만들어 둔 오물 받침대처럼 말이야. 몇 번의 선의나 요행의 행운에 안주한다면 결국 갑자기 뜻 않은 위험 맞이하게 되겠지. 그러니 적낭히 거리 두고 사는 게 나을 거야. 설사 그가 주의 깊은 사람일지라도 지나치게 의지해선 안 돼. 이는 종래 서로에 오히려 장애 될 수도 있으니까."

이것은 형과 제식이의 맘이 일치 않는 것이었고, 둘은 점점 떨어져 지내는 날이 늘어갔다. 급기야 서로 자신의 취향대로 각자의 길 가게 되었다.

제식이는 끊임없이 날았다. 어느 곳에선 트랙 돌듯 어느 한곳 계속 빙빙 돌았고, 재빠르게 무작정 쏘다니기도 하였다. 나는 중에도 좌로나 우로 번갈아 몸 젖혀 나는가 하면 뒤집어 날기도 하였다. 다람쥐 쳇바퀴 돌듯 회전하는가 하면 아래위로 번갈아 너울지게 날기도 하였다. 재빨리 턴하여 방향 바꾸는가 하면 몸을 공중에 튕겨 올리고는 미끄러지듯 내려오며 날기도 하였다. 이렇게 날다

보면 여러 날벌레들과 맞닥뜨리게 되었고, 배고플 땐 이들 낚아채면 되었다.

제식이는 동료들과 하늘 높은 곳에서 날기도 하였는데 이때는 주로 바람 타는 기술 익히는 것이었다. 재빨리 몇 번 날갯짓한 후 날개 펼쳐 바람 이용해 서서히 선회하는 것이다. 바람이 좀 세게 불 때는 날개만 펼쳐도 높이 오를 수 있었고 바람이 좀 잦아들면 또 천천히 선회하였다. 그러한 높은 곳에선 어디든 잘 보였고 위험이 닥쳐오더라도 재빨리 도망칠 자신 있었기에 별 걱정 아니 하였다.

비바람이 세찰 때에도 제식이는 미묘한 바람의 흐름 알아채고 그 바람 이용하여 자유롭게 날고자 하였다. 어떤 때는 바람에 나부끼는 낙엽처럼 바람결 따라 날기도 하였고, 회오리바람 속에 몸 맡겨 보기도 했다. 이는 바람의 성질 파악하는데 많이 도움 되는 날기이다. 바람이 너무 세면 날개 좀 접어 날고, 바람이 적당히 세지면 날개 펼쳐 위로 오르고, 좀 약해지면 날개 넓게 펼쳐 날았다.

제식이는 날면서 먹이 잡고, 날면서 생각하고, 날면서 세상 바라보는 것이 일상이 되었다. 먹기 위해서나 살아남기 위해서 날아야 하였고, 날고 있을 때가 오히려 맘이 편했다.

  날기는 에너지가 많이 소모되기에 몸이 쉬 덥게 된다. 특히 여름의 뜨거운 햇볕이 제식이의 검은색 깃털에 내리쬐면 덥다 못해 몸이 곧 뜨거워졌고 헉헉거리게 되었다. 그래서 한여름에는 주로 아침이나 저녁때 활동하고, 낮에는 그늘진 곳에서 좀 쉬었다. 그러나 두꺼운 털로 덮여 있는 제식이로서는 무더위 속 가만히 있는 것도 쉽지 않았다. 특히나 한곳에 오래 머물게 되면 포식자들에 표적되기 쉬운 것이다.

  하늘은 높아지고 아침저녁엔 제법 선선해지고 있었다. 메뚜기, 여치, 귀뚜라미 등 큰 먹잇감도 늘어났다. 제비들은 이런 풍족함 속에서 날씨도 상쾌해서 에너지가 넘쳐나기 시작하였고, 무리 이루어 맘껏 날아다니기 좋아하게 되었다. 혼자 보다는 무리로 다니는 게 재밌는 것도 많았고, 동료들 지켜보게 되면 미처 생각 못한 것 배우거나 자신 돌아보는 면도 있었다. 동료들은 성격이나 생각이나 취향도 제각각이었다. 일부는 울음소리나 나는 모습도 독특했다.

무리는 아침부터 저녁 늦게까지 끊임없이 날아다니기도 하였다. 몇 마리가 무리지어 날다가 일대의 제비들이 거의 다 한자리에 모여 날기도 하였다. 어떤 날은 하늘 높은 곳에서, 어떤 날은 넓은 들의 낮은 곳에서, 어떤 날은 산 위에서 날았다. 그리고 배가 좀 고파지면 먹이가 많은 산기슭이나 개울가의 풀밭이나 농경지로 옮겨 갔다. 그중 지친 자들은 일부 쉬고 휴식 끝난 자들은 다시 무리에 섞이어 날았다. 그러하더라도 별 염려 없었는데 그 모두가 어떤 포식자들보다 더 빨리 날 자신 있었기 때문이었다.

날씨가 더욱 서늘해지자 산야에선 나무와 풀들이 점점 갈색으로 변하기 시작하였다. 곤충들도 점점 갈색으로 변하며 움직임이 둔해져 갔는데 먹이 사냥도 더 쉬워졌다.

그때부터 북쪽에 있던 동료들이 남하하여 이곳에 찾아들기 시작하였다. 많은 제비들이 초조해지며 찾아드는 무리와 합세하여 날기도 하였다. 그러한 무리들이 하나둘씩 늘어났고, 이 마을 저 마을 쏘다니는가 하면 까마득한 높이에서 이산 저산 넘어 다니거나 수많은 능선 끼고 있는 큰 산 빙빙 돌기도 하였다.

 제비들은 비장하고 결연한 자세의 군대처럼 점점 일사불란히 움직이기 시작하였다. 제식이도 열심히 그 따라다녔다. 이제 제비들은 기존 터전으로 잘 돌아가지 않고 산중턱의 나뭇가지나 갈대밭이나 강둑에서 단체로 잠자며 날아다니게 되었다.

 날씨가 제법 쌀쌀해지자 무리 이루어 떠돌던 제비들은 어느 순간 서서히 남하하기 시작하였다. 그리고 가끔 머물기 좋은 곳에 다다르면 그곳에서 먹이활동도 하였다. 그러나 일정 시간이 되면 먹이 활동 멈추고 다시 이동하였다. 크고 작은 수많은 산과 들 지나쳐갔다. 그러나 일부는 방심이나 자만으로 다치거나 병들어 낙오하였고, 기존 터전에 더 미련 두는 자도 있었다. 그러나 그런 일들은 무리의 맹렬한 기세 앞에 대부분 무시되었다.

이윽고 푸른 바다가 보였다. 그러자 제비들은 해변 주위에서 한참 배회하였다. 일부는 먹이활동 하러 다니거나 일부는 한적한 곳에서 쉬었다. 그러나 이튿날 아침이 되자 제비들은 다시 무리 이루어 날기 시작하였다. 그리고 선발대는 드디어 바다 향해 나아가기 시작하였다. 일부는 머뭇거리다가 합류하였고 일부는 더 휴식하겠다는 듯 머무는 이도 있었다. 제식이는 처음 접한 바다에 더럭 겁나서 망설였지만 뒤늦게 따라 나서게 되었다.

제식이의 무리는 그날 오후 쯤 서로 간격이 벌어지더니 선두 그룹, 중간 그룹, 후미 그룹이 만들어졌다. 제식이는 후미 그룹 중에서도 그 꽁무니에서 따라가고 있었다. 모두들 지쳐서 말 한마디 제대로 할 수 없었다. 바람은 꾸준히 맞은편 또는 우측에서 너울져 불어왔다. 그러자 일부가 그 바람 타며 일렁이듯 날기 시작하였다. 바람이 좀 세게 불면 날개 펼쳐 바람의 힘으로 높이 솟구쳤다가 바람이 좀 잦아들면 자신의 몸무게에 의지하여 앞으로 미끄러지며 나아가는 것이다. 몇이 그렇게 하니 모두들 그 따라하게 되었는데 빨리 나아가진 못했지만 그리 힘들지 않았다. 이윽고 저녁이 되었고, 밤이 왔다. 모두들 지친 상태로 바람타기 기술에 몸 맡기고 하릴없이 그렇게 날고 있었다. 그중에도 어떤 동료는 뒤쳐졌다.

그리고 깊은 밤 되자 극한의 피로와 졸음이 온몸에 퍼져 제식이의 몸은 아우성대기 시작하였다. 그렇게 비몽사몽 날고 있었는데 다음날 새벽에 저 먼 곳에서 육지가 보였다. 제식이네는 신나서 정신없이 다시 내달리게 되었다. 그러나 흥분해 내달으니 곧 숨 막힐 듯 더 힘들어졌다. 몇몇은 그 못 견디고 바닷물에 내려앉았는데 파도는 곧 이들 집어삼켰다. 제식이는 다시 초조한 맘 접어두고 바람 타는 방식으로 나아갔다. 다시 그럭저럭 견딜만해졌고 곧 해변에 닿게 되었다.

육지에 닿아서는 모두들 적당한 곳에 내려 앉아 휴식 취하게 되었다. 일부는 아직 힘이 남았는지 이곳저곳 더 날아다니기도 하였다. 그곳은 좀 색다른 곳이었는데 처음 보는 먹이도 있었다. 그러나 먹이가 넉넉한 곳이 아니었다. 제식이네는 초조해졌고 다시 무리지어 남서쪽으로 떠나가게 되었다. 그러나 머잖아 또 바다가 나타났다. 그러자 제식이는 덜컥 겁났다. 지난 바다위에서의 힘든 생활이 생각났다. 그러나 다른 선택지는 없었다. 다음 길은 띄엄띄엄 섬이 반복되고 있었다. 그중에도 바다의 포식

자가 갑자기 덮쳐오기도 하였고, 일부는 그에 희생되었다. 그러나 꾸역꾸역 나아가게 되었다. 몇 개의 섬 지나 하루정도 더 가니 커다란 육지가 나타났다.

 새 육지에 닿으니 일단의 무리는 점점 규모가 작아졌다. 소그룹으로 나뉘어져 저마다의 길 떠나갔기 때문이다. 제식이는 가까이 지내던 몇 동료들과 동행하게 되었다.
 그곳은 전혀 춥지 않았는데 목조 주택이 많았다. 동료들은 이미 일부 거주해 있었거나 다른 동료들이 꾸준히 추가로 가세하여 왔다. 그곳에선 못 보던 나방이나 딱정벌레나 바퀴벌레 등 이색 먹이도 있었다. 그러나 먹이 경쟁자가 많았기에 먹이는 그리 넉넉 않았다. 비가 자주 왔고, 날씨는 습해서 날갯죽지는 늘 축축하였다. 제식이네는 그곳에서 별도로 집짓지 않았다. 대개 동료들과 일정 거처 없이 옮겨 다니며 먹이 찾거나 잠자리 찾았다.

제식이

2부

 제식이는 남쪽 나라에서 다소 지루하게 몇 달 보내고 있었다. 그런데 먹이 경쟁은 날로 심해지고 먹이는 점차 귀해지는 것이었다. 제비들은 다시 초조해지기 시작하였다. 그리고 무리 이루어 날아다니기 시작하였고, 마침내 북동쪽으로 몰려가기 시작하였으며, 다시 예전에 내려 왔던 길 거슬러 올라가게 되었다. 제비들은 예전의 기억 되살려 다시 부지런히 길 재촉하게 되었다. 그런데 제식이는 이제 바다건너는 일이 예전만큼 그리 힘들지 않았다.

 제식이네는 예전의 육지에 도착하자 곧 그 주위에서 한

동안 휴식하며 먹이활동도 하였다. 그러나 무리의 이동이 다시 시작되었고 제식이는 다시 그에 합류하였다. 제식이는 무리 속에서도 옛 기억 더듬으며 부지런히 날았다. 북동쪽으로 오를수록 무리에서 벗어나 자신이 원하는 곳으로 떠나가는 자도 생겨났다. 그렇게 한참 올라가니 제식이의 눈에 익숙한 산천이 보이기 시작하였다. 예전에 무리 이루어 이곳저곳 돌아봤던 기억이 났다. 제식이는 곧 고도 낮추어 그 마을 찾았다. 몇 동료도 같이 그 마을로 내려갔다.

제식이는 마을 일대 한 바퀴 둘러보고는 그 영감집도 찾았다. 곧 찾을 수 있었고, 큰 위험이나 이상한 낌새 없었으므로 그 집 주위도 구석구석 살폈다. 그리고 옛 둥지의 자리도 둘러보았다. 그리고 곧 그 영감님 집의 빨랫줄에 앉아 쉬고 있었다. 그러자니 영감님이 예전처럼 잔뜩 짐 지고 집으로 들어서고 있었다. 제식이는 반가웠고 그 할범에 한참동안 인사하였다. '쩹쩹쩹쩹', '쩹쩹쩹쩹' 그 할범도 반갑게 맞으며 한참 뭐라고 말씀하셨다. 이어서 할멈도 밖으로 나와 제식이의 모습 확인하는 것이었다. 제식이는 다소 안심되었다. 그러나 제식이는 배고팠고 지쳤으므로 예전 기억 더듬으며 먹이 구하러 갔다. 먹이는 아직 넉넉 않았다. 그러나 어느 산기슭에 날개달린 개미들이 춤추며 날고 있었고, 아직 날벌레는 드물었으나 막 돋아난 나뭇잎이나 풀잎에 기어 다니는 벌레가 좀 있었다.

그 마을에선 봄이 한창이어서 이산 저산에 분홍색 꽃이 한창 피어나고 있었다. 어느 곳에선 올망졸망 노란 꽃들이 피어 있었고, 어느 길이나 둑에선 하얀 꽃들이 줄지어 흐드러지게 피어 있었다. 모든 산이 여러 꽃들과 새로 돋고 있는 이파리들로 아름답게 어우러져가고 있었다. 새 이파리들 사이에선 여러 초록의 벌레들이 꿈틀대며 지나다녔다. 어느 도랑가나 논에선 개구리가 나다녔고 따뜻한 양지에는 뱀들이 일광욕 즐겼다. 그러자 어떤 곳에선 찬바람이 몰려다니며 그 훼방하곤 하였다. 어느 산에선 뻐꾸기가 뻐꾹대었고, 어느 산에선 비둘기가 구구대었

다. 밤이면 개울가나 논에서 개구리들이 시끄럽게 울어대었고 산속에서는 노루가 쌕쌕대었다. 낮이면 농부들은 전답에서 소 앞세우고 '이랴!, 이랴!' 소리 내곤 하였다. 부녀자들은 여러 먹을거리 준비하여 머리에 이고는 부지런히 일터로 날랐다.

며칠 새 몇 동료들이 이 마을에 더 찾아들었다. 어느 정도 모여들자 그곳에선 일종의 미팅이 벌어졌다. 마음에 드는 짝 찾아 데이트하는 것이다. 제식이는 마음에 두는 한 암컷이 있었다. 그리하여 한참 그녀 따라 다녔다. 제식이는 그녀 앞에서 날렵한 날개깃과 'V'자 모양의 유난히 긴 꼬리깃도 보여주고 세레나데도 불렀다. 그리고 그녀가 전깃줄이나 빨랫줄에 앉아 있을 때 순식간에 내닫는 모습이나 까마득한 높이까지 오르는 모습의 날기 시범도 보여주었다. 드디어 그녀는 제식이에 관심두기 시작했다.

제식이는 곧 그녀 안내하여 영감 집까지 데려오게 되었다. 그녀는 그 집 주위나 처마 밑도 꼼꼼히 살피었다. 그녀는 처음엔 그 집 의심했으나 차츰 옛 둥지에 맘 들어하였다. 특히 처음에는 그 집의 할범과 할멈 대해 무척 두려워했으나 점점 안심하는 눈치였다.

결국 제식이는 그녀와 사랑 나누게 되었고, 둘은 곧 옛 둥지 청소하기 시작하였다. 그러나 아무래도 작년에 머물렀던 둥지는 좀 얕은 편이었고 지붕과의 간격이 좀 넓었다. 이는 적들의 접근이 쉬울 것이었다. 둘은 둥지 둘레 더 높여 보강하기로 하였다. 둘은 농부들이 갈아놓은 논의 진흙이나 지푸라기 물고 와서 더 깊고 더 크게 둥지

만들어 갔다. 둥지는 제법 커지고 깊어졌다. 다만 지붕과의 간격이 더 좁아져서 둥지에 들어가기는 좀 불편해졌다. 그러나 둘은 제법 만족하였다. 둘은 그 둥지에서 나란히 밤 맞이하곤 하였다.

제순이는 재단장한 둥지에 알 낳기 시작하였다. 며칠 지나자 그녀는 그곳에 알 3개 낳았고 자주 알 품게 되었다. 제식이는 그 주위에서 적들의 접근 경계하거나 먹이 구하여 제순이에 물어다 주었다. 모기, 파리, 하루살이 등 먹이는 하루가 다르게 늘어갔다. 벌들도 산천의 꽃들에 바삐 들락거렸는데. 이는 제식이네에 또 다른 별미였다.

보슬비의 봄비도 몇 번 왔는데 봄비가 충분히 내린 후면 하루가 다르게 산천이 푸르러갔다. 먹이는 충분했고 날씨는 상쾌하였다. 어느 날 갑자기 아이들이 알에서 깨어났다. 아이들은 깨어나자마자 자신들의 넙죽한 입 벌리고는 먹이 달라고 보채기 시작하였다. 제식이는 자신의 날렵한 날기 솜씨로 부지런히 먹이 물어 둥지로 날랐다. 그 영감은 들에서 소 앞세워 쟁기질하거나 두둑 만드는 일 하고 있었다. 할멈은 그 굽은 허리로 얼마의 먹을거리 준비하여 거기 다녀가곤 하였다. 영감님이 일하는 논에는 지렁이가 많았다. 지렁이 한 마리면 아이들 꽤 배불릴 것이다. 아이들은 그 지렁이 물고 캑캑거리기도 하였지만 기어코 다 먹어내곤 하였다.

아이들은 무리 없이 자라났다. 중간에 설사하거나 먹이 잘 못 먹으며 끙끙대는 아이도 있었지만 그럭저럭 자라났고, 아이들은 이제 둥지에서 나와 밖의 빨랫줄에 나앉게 되었다. 제식이와 제순이는 부지런히 먹이 잡아다 날랐다. 먹을 게 많은 편이어서 별 걱정 없었다. 그리고 아이들은 어느새 제법 날아다니게 되었다. 제식이는 아이들과 자주 나들이도 다니게 되었는데 아이들은 아침부터 엄마 아빠에 어딜 가자고 보채기까지 하였다. 점점 더워지자 아침저녁 위주로 먹이활동 하게 되었다.

아이들이 어느 정도 날게 되자 제식이는 아이들에 한 가지 제안하였다. 회오리바람처럼 나선형으로 돌며 가속도 붙여 까마득한 높이까지 올라가 보자는 것이었다. 아이들은 초롱초롱한 눈으로 그러겠다고 답하였다. 가족 모두는 그 일대 넓게 돌다가 좁히며 서서히 나선형으로 날아오르기 시작하였다. 그런데 제순이와 아이들은 점점 뒤로 쳐졌다. 그러나 제식이는 아랑곳 않고 하늘 끝만치로 생각되는 높이까지 오르게 되었다. 그곳에선 뒷산의 높은 곳도 아래로 보일만큼 높은 곳이었는데 그 일대의 수 십리 밖까지 다 보였다.

아이들은 자신들의 나는 솜씨가 실망되었는지 기죽어 있었다. 그러나 아이들은 눈 반짝이며 이구동성으로 말하였다.

"아빠, 언젠가 나도 아빠처럼 높이 오를 수 있을 거예요."

아이들은 부지런히 나는 연습하였다. 또한 자신의 나는 솜씨를 아빠에 자랑하고 싶어도 하였다. 그러나 언제나 아빠에 한참 못 미치는 것이었다. 실망하고 있는 아이들에 제식이는 말하여 주었다.

"실망할 것 없어. 너희들도 내년쯤엔 아빠만큼 날 수 있게 될 테니까. 그런데 무작정 높게 멀리 나는 게 능사는 아닐 거야. 왜냐면 어떤 위험에서도 살아남는 게 더 중요할 테니까. 결국 상황에 맞춰 나는 게 더 중요하단 거지. 그러나 그렇게 높이 날아 봐야 생각의 폭도 넓어지고 자신감도 생길 거야. 그러니 꾸준히 연습하여 하늘 끝까지 도전해 보길 바란다. 하지만 너무 자신 혹사해서도 안 돼. 자신의 몸과 잘 상의해서 적절한 타협점 찾아야지. 우리의 몸은 자그마한 심장 가진 현실적 가냘픈 존재에 불과하니까. 그렇더라도 자신의 몸에 감사해야 해. 나는 내 몸 의지해서만 이 삶의 기회 누려볼 수 있고, 이 세상 느껴볼 수 있는 거니까."

제식이는 아이들에 자신의 몇 가지 나는 기술 가르쳐주었다. 흩날리는 낙엽처럼 날기, 각종 바람에 맞춰 바람타기, 낮은 곳에서 장애물 만났을 때 갑자기 튀어 오르기 등이었다. 그리고 아이들에 재주껏 다른 기술도 더 개발해 둘 것 강조하였다.

아이들은 아빠에게서 배운 몇 가지 기술이 어느 정도 익숙해지자 아빠가 가르쳐준 기술 대해 시시해하였다.

그리고 동료들에서 기술 배우겠다며 자주 나다니곤 하였다. 그리고 점점 집으로 안 들어오는 날이 늘어갔다. 그리고 가끔 엄마 아빠에 들러 자신이 새 기술 습득했다며 자랑하곤 하였다. 그러나 그것은 대개 사소한 요령 같은 것들이었다.

제식이는 이제 억센 발톱도 가지리라고 맘먹었다. 제비들은 다른 새들에 뒤지지 않을 만큼 재빠르게 날 수 있지만 다리는 대개 너무 약하였다. 날면서 여린 벌레들을 넓적부리로 낚아채어 먹이 구하는 게 거의 유일 생존 방법이었다. 제식이는 나는 것도 꾸준히 하고 있었지만 발이나 발톱 강화 위한 운동도 꾸준히 하기 시작하였다. 나무작대기나 마른 흙 등 쥘만한 것들 반복적 움켜쥐며 운동하는 것이었다. 또한 땅에서 걷거나 뛰어다니는 것도 자주 시도하였다. 이는 일반 제비들이 전혀 안하는 일이었다.

제식이는 이제 부리로만 먹이 낚아채는 것이 아니라 발톱으로도 그 해보려 하였다. 제식이는 특히 적과 싸움에서도 이것이 유용할 것이라고 생각하였다. 제식이는 꾸준히 그 연습하고 도전하여 발톱의 힘이나 그 요령 늘려 갔다.

 제식이가 나선형으로 날아올라 하늘 높은 곳에 머물고 있을 때였다. 그런데 제식이의 한 아이가 매에 쫓기더니, 그 매는 순식간에 그 아이 낚아채어 날아가고 있었다. 제식이는 그 자리에서 바로 날개 꺾어 아래로 내리꽂듯 내

려갔다. 그리고 평소 연습한대로 자신의 발톱으로 순식간에 그 매의 눈과 얼굴 향해 강하게 공격하였다. 그 매는 당황하여 먹이 놓치게 되었고 아이는 땅으로 떨어지게 되었다. 제식이는 또 번개같이 내달려 그 발톱으로 아이의 깃 붙들 수 있었다. 아이는 매의 강한 발톱에 많이 상해 있었지만 살아 있었다.

"아빠, 미안해. 내가 좀 더 조심했어야 했는데."

"그래도 그만해서 다행일지 모르겠구나."

제식이는 영감이 일마치고 집에 돌아오는 때 둥지에서 큰소리로 외쳐 그 영감에 도움 청하였다. '쩹쩹쩹쩹', '쩹쩹쩹쩹'. 그 영감은 곧 제식이의 둥지 들여다보았는데 상황파악이 되었는지 약 가져와서 치료해 주었다. 아이는 며칠 만에 회복되어서 다시 날아다니기 시작하였다. 제식이는 그 영감에 너무 감사한 마음이었다. 제식이는 집 주위의 모기와 파리가 할범과 할멈 자주 괴롭힌단 걸 알고 있었다. 제식이는 매일 집 주위 구석구석 날아다니며 모기와 파리 잡아 주었다. 다쳤던 아이도 이 집에 들르게 되면 먼저 집 주위의 모기와 파리부터 잡곤 하였다.

그런데 그곳 농부들은 이전과 달리 점점 논이나 밭에 여러 약치기 시작하였다. 제초제나 살충제 등이었다. 약 친 뒤의 농경지에 다녀온 동료들은 특별한 이유 없이 시름시름 앓다가 죽기도 하였다. 가을이 다가오자 농부들은 그의 논과 밭 위에 망까지 쳐두고, 새들의 접근 막고 있었다. 많은 새들이 무심결에 날아들다가 그 망에 걸려 도망가지 못하고 죽었다. 예년의 가을과 달리 먹이도 점점 드물어졌다. 그러나 그 영감만은 자신의 밭과 논에 농약이나 망도 사용 않고 있었고, 거기는 먹이도 넉넉한 편이었다. 비닐하우스 설치한 농경지도 늘어났는데 제비들은 무심결에 그 들어갔다가 나오지 못해 고생하거나 간혹 죽기도 하였다.

 그런데 아이 하나가 그 통에 희생되었는지 집에 전혀 들르지 않고 있었고, 남은 둘은 가끔 집에 들르고 있었다. 그때마다 제식이는 아이들에 조심해야 될 것, 힘써야 될 것 등 더 자주 이르게 되었다. 아이들은 가을로 접어들자 부지런히 친구들과 나다니고 있었다. 그러나 이제는 농경지 주위보다 도랑가나 숲이나 산으로 주로 날아다니게 되었다.

 제식이는 여러 걱정하고 있었다. 아이들은 예전의 제식이처럼 그렇게 활발 않은 듯하였다. 이제 머잖아 남쪽으로 떠나야 될 것인데 다음해에 다시 이곳 찾아야 되는지조차 가늠되지 않았다. 제비들의 앞날에 짙은 그림자가 드리워지는 느낌이었다. 그러나 제식이는 마냥 슬퍼할 수만은 없었다.
'작은 희망의 불씨라도 살려 꿈꾸어야 한다.'
 제식이는 일단 귀하고 빛나고 소중한 무엇이든 그 영감에 전해주고 싶었다. 제식이는 빛나거나 영롱하거나 아름다운 걸 발견하면 그 물어다가 그 영감 집 툇마루에 올려놓곤 하였다. 그것은 대개 예쁜 꽃, 산삼 씨앗 같은 귀한 열매, 사람들이 잃어버린 귀한 보석이나 진주, 강가의 사금 등이었다. 할범과 할멈은 그 보게 되면 기뻐하였다. 아름답고 빛나는 것들이 조금씩 집에 쌓이자 그 바라보며 위안 얻는 것이었다.

제식이는 다시 희망 살려 날기와 강한 발톱 만들기에 꾸준히 매진하였다. 앞으로는 농경지에서 벗어나 주로 도랑이나 강이나 풀숲이나 산에서 살아남아야 한다. 산에는 의외로 먹이가 많은 편이다. 다만 나뭇가지나 그 이파리들이 방해되어 먹이 발견이나 잡아채기가 힘들 뿐이다. 거기서 살아남으려면 부리로만이 아닌 강한 발톱도 유용할 것이다. 그러나 제식이는 지나치지 않으려 하였다. 자신의 몸이란 작은 심장 가진 가냘픈 존재에 불과하기 때문이다. 과용이나 오용 그 자체로 언제든 위험해질 수 있는 것이다. 제식이는 자연에 크게 위배되지 않으면서 조화롭고자 하였다. 제비들의 기존 문화와 관습 무시 않았으나 새 문화 창조도 게을리 않았다.

제식이는 생각하였다.

'삶이란 아름다운 꿈 꿀 수 있어야 한다. 단지 살아남기 위해서 조심히만 살거나, 남 보다 더 누리는 걸 행복으로 안다면 그 삶의 가치는 비루할 것이다. 제비들이 그 먼 길 오가는 건 그만한 가치나 대가 꿈꿀 수 있기 때문이다. 최선의 삶은 선제대응일 것이나, 지금의 삶에서 생각지 않은 문제 생겼더라도 절망해선 안 된다. 설사 어느 누가 오만, 사악해서 생긴 문제이더라도 그에 분노, 원망만 해선 안 된다. 내게 어떤 도움도 아니 되기 때문이다. 그러므로 다음 대안 찾는데 최선해야 한다. 어느 누구도 남의 삶 대신 책임져주지 않기 때문이다. 신께서 내게 숨쉬며 존재하도록 한 이유는 그 문제 해결의 기회 주기 위함일 것이다. 신께서 늘 내게 이렇게 이르신다.'

"네 존재 이유 증명해 봐!"

토식이

토식이

1부

 토식이는 엄마 품속에서 한참 자라고 있던 아기 토끼였다. 토식이는 형제자매들과 금방 엄마의 젖 먹고 난 뒤, 관목 무성한 섶 속의 둥지에서 쉬고 있었다. 엄마는 풀 뜯으러 잠시 외출한 뒤였다. 그런데 어떤 낯선 자가 갑자기 들이닥쳐 토식이의 네 형제자매 잡아갔고, 그 사람은 그들 집의 헛간에 토식이네 두게 되었다. 토식이네는 어리둥절했다. 자신들 곁에는 더 이상 엄마가 없었다. 사람들은 아침과 오후쯤에 몇 가지 풀 들고 와서 토식이네 앞에 던져두고, 토식이네가 먹는 모습 지켜보곤 하였다. 마침 토식이 형제들은 풀 뜯기도 조금씩 배워가던 때였었다. 그들은 토식이네가 도망 못 가도록 주변에 판자 둘러두었다. 그런데 검은 그림자가 자주 주위에 나타나는 것이었다.

토식이네는 불안해졌고 어느 날 판자가 좀 벌어진 곳 통해 그곳 탈출하게 되었다. 그 집의 사립문 지나니 큰길이 보였다. 토식이네는 무작정 그 길의 위쪽으로 내달렸다. 여기저기서 사람들의 말소리가 들렸으나 그 마주치지 않았고, 개울 가로지르는 작은 다리가 나타나서 그 건넜다. 언덕이 나타났고 토식이네는 일단 거기에 머물게 되었다.

그곳에는 여러 나무가 있었고, 농작물이 나란히 줄지어져 자라고 있었다. 사람들은 수시로 거기 드나들었는데 고양이나 사나운 개도 돌아다녔다. 토식이네는 그들의 말소리나 발자국 소리가 들리면 그 도망하여 피해 있었다. 토식이네는 그 언덕의 기슭에서 토끼풀이나 민들레 등 여러 연한 풀 조심히 뜯었고, 서로의 체온에 의지하여 밤 보내었다. 그러던 어느 날 저녁에 한 길고양이가 가까이 있었다. 모두 놀라서 황급히 도망치려 했지만 이미 늦었다. 결국 하나가 붙잡히게 되었다. 하지만 그 언덕 위쪽에는 가파른 둑이 있었고, 옆쪽 너머에는 물살 센 도랑이 가로막고 있었다.

 한동안 비가 왔다. 그리고 그 비가 그치자 사람들과 고양이와 개가 다시 그곳 자주 출몰하였다. 그런데 지난 빗물에 한 굵은 나뭇가지가 떠 내려와 도랑 가로질러져 있었다. 토식이네는 그 나뭇가지 이용하여 건너기로 하였다. 그러나 그 나무는 잔뜩 물 머금고 있어 미끄러웠고, 막내는 거기서 미끄러져 물살에 떠내려갔다. 막내는 물살 뜸한 곳에서 물에서 나와 간신히 다시 합류하게 되었으나 밤새 추위에 떨었고, 그 다음 날에는 열까지 오르내리며 앓고 있었다. 그곳은 찔레나무나 바위가 많았는데 개구리, 쥐, 뱀이 있었고, 막내는 제대로 뭘 먹지도 못한 채 찔레나무 섶 속에서 머물고 있었다. 그런데 한 뱀이 소리도 없이 접근해서 이미 막내의 몸 감고 있었고, 기어이 그 삼키고 말았다.

남게 된 둘은 불안해서 위로 더 올라가게 되었다. 곧 소나무, 망개나무가 많은 야트막한 능선이 나왔고, 어느 곳은 연분홍 진달래꽃이 흐드러지게 피어 있었다. 둘은 소나무 섶이나 망개나무 덤불 속 아늑한 곳에 주로 머물렀다. 날씨는 점점 따뜻해졌고, 소나기가 몇 번 내렸는데 둘은 주로 나무둥치 아래에서 비 피하였다. 목마름은 대개 연한 풀잎의 물기만으로 해결하고 있었다. 그러던 어느 날 해질 무렵 수리부엉이가 토식이네에 덤벼들었다. 그 중 동생이 수리부엉이의 억센 발톱에 붙잡히게 되었고, 동생은 그 벗어나려 발버둥쳐 보았지만 이미 소용없었고, 동생은 돌아오지 못할 길 떠나갔다.

 토식이는 이제 홀로였다. 토식이는 쫓긴 듯 또 위로 올랐는데 그 위쪽의 산 중턱 쯤에선 큰 바위가 얼핏 보였고 어디선가 '뚝~', '뚝~' 소리가 크게 들리고 있었다. 토식이는 꽤 불안하였지만 좀 더 올라갔고, 그러자 앞쪽으로 약간 기운 큰 바위가 나타났다. 그런데 그 높은 바위 위에서 물방울이 떨어져 아래 바위에 세차게 부딪치며 사방으로 튀고 있었고, 그 소리가 큰 바위에 부딪쳐 크게 울리는 것이었다. 그 바위 중간쯤과 좌우에는 컴컴한 굴도 보였다. 그곳에선 박쥐들이 가끔 들락거리고 있었다. 그 바위의 위압감은 대단하여서 온몸이 덜덜 떨려왔다. 그 주위에는 맛있는 왕고들빼기나 엉겅퀴, 그리고 산뽕나무, 물푸레나무 등도 자라고 있었다.

큰 바위 주위에 머무르던 어느 날 한 토끼의 모습이 보

였다. 토식이는 기뻐서 그에 다가갔지만 그는 콧소리 내며 경계하여 왔다. 그러나 토식이는 적당히 거리 두며 그 따라다녔다. 저녁때 쯤 그 토끼는 맞은편 능선 쪽으로 갔고, 그는 어느 소나무 섶 아래의 낙엽 헤집었다. 그러자 아기 토끼들이 그곳에서 나왔다. 그 엄마는 곧 아이들에 얼마간 젖 물리고는 곧 아이들과 그 굴로 들어가서는 낙엽 모아들여 자취 감추었다. 토식이는 그 지켜보다가 그 주위의 소나무 섶 속에서 밤 보내었다.

토식이는 어느새 그 아이들과 형제자매처럼 지내게 되었다. 토식이는 잿빛의 털 가지고 있었으나 그 아이들은 뽀얀 갈색 털 갖고 있었다. 아이들은 토식이보다 좀 어렸는데 이제 풀 뜯기도 배우고 있었다. 그러는 사이 아이 하나가 솔개에 희생되었다. 그 솔개는 순식간에 들이닥쳐 그의 날카로운 발톱으로 옥죄는 것이었다. 그 어머니조차 어쩔 수 없는 일이었다.

아이들은 차츰 각자도생 길 모색케 되었다. 아이들은 알아서 재빨리 덤불 속이나 바위 틈에 숨었고, 포식자가 떠나갔다 싶으면 그 어머니는 소리 내어 아이들 불렀다.

그러나 아이들은 차츰 줄어들었고, 초여름 때에 토식이 포함 셋만 남게 되었다. 그 어머니도 포식자에 희생되었는지 어디론가 사라졌다.

셋은 그곳이 불안하였고, 큰 바위 우회하여 좀 더 양지인 좌측으로 올라가게 되었다. 그곳은 꽤 가팔랐는데, 땅에서 삐죽 나온 바위들이 좀 있었다. 셋은 그 바위 아래의 아늑한 곳에서 한동안 지냈다. 그러나 그곳은 먹을 만한 먹이가 드물어서 셋은 왼쪽 계곡 쪽에서 칡넝쿨, 뽕잎 등 찾아 먹었다. 그러나 그곳은 아무래도 위험하였다. 아니나 다를까 한 동생이 족제비에 당했다. 둘은 급히 되돌아 와 다시 높은 곳으로 옮겨갔다.

산은 위로 오를수록 여러 능선이 가까워지거나 합쳐져서 원꼴 모양으로 있었다. 남서쪽 사면으로는 바위의 절벽이 있거나 수많은 돌들이 흘러내리는 곳도 있었다. 높이 오를수록 먹음직한 연한 이파리는 드물었다. 둘은 능선과 계곡의 중간쯤인 사면에서 억센 먹이나마 먹으며 지내었고 아침에는 이파리나 돌 위의 이슬 핥으며 갈증 견디었다.

높은 곳에서 내려다보면 계곡 가로지르는 새들이나 왜가리들의 군락지가 보였다. 옹기종기 모여 있는 인가나 구불구불한 강이나 넓은 들이 보였고, 달구지나 차들이 지나다니는 길도 보였다. 비올 때는 구름들이 그 산 아래에 깔렸고, 그럴 때면 둘은 구름 타고 있는 듯 가슴 설레었다. 밤 되면 수많은 별들이 있었고 유성들이 지나다녔다. 그러나 그곳은 바람만이 쌩쌩 지나다녔고, 삭막하였다. 맹수의 흔적은 없었지만 그 높이만큼이나 여러 두려움도 자주 엄습하였다.

 그 능선은 급격히 위쪽으로 이어져 있었다. 한참 오르니 산 정상이었다. 그곳은 동쪽과 북쪽 그리고 남서쪽의 큰 능선 세 개가 합쳐진 곳이었다. 정상 주위에는 대개 키 작은 소나무, 잣나무, 상수리나무가 있었다. 그곳에선 동서남북 어디든 멀리까지 보였고 수많은 산들이 보였다. 어떤 산은 온통 흰 바위의 높은 산이었고 어떤 산은 고즈넉이 낮게 뻗어져 있었다. 그러나 곧 몸이 날려갈 듯 자주 바람이 몰아쳤다.

둘은 이번에는 남서쪽의 아래 능선으로 향하였다. 둘은 그곳 빙 돌아 내려왔고 동쪽 계곡 쪽 둘러보았다. 그러고 보니 그곳은 큰 바위가 있던 곳의 서쪽 맞은편의 위쪽 산이었다. 그곳은 꽤 가팔랐고 곳곳에 절벽도 있었는데 풀이나 나무들이 그 절벽의 바위 붙잡고 간신히 삶 이어가고 있었다.

계곡 안쪽으로 좀 내려가니 호젓한 한 작은 분지가 있었다. 물이 졸졸 흐르는 작은 도랑도 있어서, 둘은 그곳에서 긴 갈증 해소할 수 있었다. 그 물맛은 너무도 달콤했고 깊은 맛이 있었다. 그곳에는 진기한 맛의 산 달래, 산 부추가 자라고 있었고, 머루, 다래의 덩굴도 절벽 쪽 가로질러 자라고 있었다. 그런데 좌우로 높은 산이 있고 키 큰 나무가 많으니 먹을 만한 작은 키의 이파리들은 햇볕 제대로 못 쬐어 가냘프게 자랄 뿐이었다. 다만 한여름이었지만 제법 서늘했는데 일종의 꽤 습한 곳이었다. 거기에는 개구리나 도롱뇽이 살고 있었고, 도랑에는 가재도 보였다.

그리고 조용히 살펴보니 고슴도치 몇 마리가 살고 있었다. 그들은 밤눈이 밝기에 주로 밤에 은밀히 나다녔는데 특히 달밤에 움직이기 좋아하였다. 이들은 주로 지렁이나 딱정벌레 등 곤충 잡아먹거나 연한 풀잎 뜯었다. 그들의 행동은 대체로 둔했고 소심하였는데 그들도 은밀한 곳에 둥지 만들어 두고 있었다. 그들은 토식이네와 달리 낮 동안은 주로 자신의 둥지에 들어박혀 있었다.

그런데 하루는 동생이 뭘 잘못 먹었는지 구토와 설사 반복하더니 곧 죽어버렸다. 토식이는 다시 혼자가 되었고, 그곳이 불편해지기 시작하였다.

토식이는 왔던 길 되돌아서 다시 능선까지 올랐다. 그 능선은 남서쪽으로 향하는가 싶더니 약간 꺾이어 서쪽으로 길게 늘어서 있었다. 토식이는 그 능선 중에서 다시 남쪽의 작은 능선으로 내려갔다. 조금 내려가니 온통 바위로 된 절벽이 있었다. 거기에서는 그 아래가 잘 보였는데 그 절벽 아래로는 넓게 분지가 있었고, 수많은 풀과 나무들이 뒤엉켜 자라는 모습이 보였다. 토식이는 거기로 내려가기로 하였는데 절벽 사이로 나무들이 자라는 곳 있었고, 토식이는 그곳 통해 아래로 내려갈 수 있었다. 토식이는 그 위치 잘 기억해 두었고 표시해 두었다. 유사시에 그 쪽으로 다시 되돌아올 일 생길지도 모를 일이었다.

그 아래 넓은 분지는 물이 흔했고 어떤 곳은 습지였다. 곳곳에 여러 풀이나 덤불이 무리지어 자라고 있었고, 키 큰 나무는 적었다. 토식이는 그곳 조심스레 다녀보았는데 꼭 토식이 만한 또래들과 마주치게 되었다. 그들은 토식이와 달리 대개 통통하였고 윤기 있는 털 가지고 있었다. 토식이는 그들과 얘기 나누게 되었다.

"나는 저 산 위에서 내려 왔어. 그런데 나는 이곳에 익숙 않아. 뭐든 갈쳐줬으면 좋겠어."

"응 그래? 이곳은 맛있는 먹이가 흔해서 그럭저럭 살 만한 곳이야. 그런데 우리는 많이 나다니지 않아. 우리의 적들이 이곳 자주 출몰하기 때문이지. 우리와 같이 지내다보면 여러 가지 알게 될 테지."

그곳에서 누구는 바위 굴 많은 숨기 좋은 곳에 자리 잡고 있었고, 누구는 연한 풀 뜯기 좋은 도랑가 언덕에 굴 뚫어 자리 잡고 있었고, 누구는 덤불 속이나 소나무 섶 속에 자리 잡고 있었고, 누구는 나무뿌리 아래에 자리 잡아 살고 있었다. 어느 보금자리에는 아이가, 어느 곳에는 노인도 보였다. 물 흔한 곳에는 개구리, 뱀, 들쥐가 많았고, 노루나 멧돼지가 지나다니는가하면 비둘기나 꿩도 자주 날아다녔다. 밤에는 수리부엉이나 올빼미가 조용히 날아다녔고, 새벽에는 삵이나 너구리가 은밀히 들락거렸다.

 가끔 평화도 찾아왔는데 가족끼리 나들이하는 모습이 보이는가하면, 자신의 뒷다리나 살찐 엉덩이 드러내어 자랑하는 이도 보였다. 어느 곳에선 살기 좋은 곳 서로 차지하려 실랑이하는 모습이 보이는가 하면, 몇 아이들은 장애물 많은 곳에서 숨바꼭질 놀이도 하고 있었다. 그러나 어느 순간 이 평화 시기하는 자들이 찾아들었다. 그러면 누구는 그에 희생되었고, 살아남은 자들은 두려움에 휩싸여 한동안 어찌할 줄 몰랐다.

 어느 듯 가을이 시작되고 있었다. 햇빛은 제법 낮아졌고 일찍 열매 맺은 나무와 풀들은 갈색으로 단풍들기 시작하였다. 토식이의 털은 겨울 대비해 좀 더 길어졌고 솜털도 빼곡히 자라기 시작했다. 토끼들은 풀이나 나뭇잎 모아 건초도 만들었다. 산천의 녹음은 다소 엉성해졌고, 포식자들은 먹잇감 찾기 쉬워졌다. 그러자 여러 토끼들이 또 희생되었다.

 토식이는 이런 토끼의 운명이 슬펐다. 지난 형제들의

희생도 떠오르며 괴로웠다. 토식이는 생각해 보았다.

 '결국 이 모든 희생은 토끼들이 그들의 손쉽고 탐스런 먹잇감이기 때문이다. 이 희생 피하려면 그들에 탐스런 먹잇감 되지 않도록 뼈 앙상한 채 나무작대기 같은 몸 갖거나, 손쉬운 먹잇감 아니 되도록 그들보다 더 날렵히 도망갈 수 있거나, 아니면 다른 대책 세워야 할 것이다.'

 토식이는 친구들과 안전 대책 토론하게 되었다. 결론은 공동 대처하자는 것이었다. 같이 나다닐 때는 순번 정해 보초 세워 안전 확보하자는 것이다. 그리고 공동 거주 장소 만들어 여러 연결된 굴 뚫어 살거나 대처하자는 것이다. 이 공동생활은 순조로웠고, 모두들 열심히 공동사회 만들어 갔다.

 그런데 외부의 위험이 차츰 줄어들자 내부에서 서열싸움이 생기고, 기회주의자들이 생겨났다. 결국 동료 간에도 계급이 생기고, 편이 갈리게 되었으며, 시기질투나 오해하는 일도 생겨났다. 또한 외모와 성격과 재능은 다 달랐고, 서로 좋은 것, 편한 것 차지하려 속이거나 싸우게 되었다. 결국 힘든 일인 굴 만들기, 오물 치우기, 보초서기, 적들과 대치하거나 싸우기 등은 모두가 싫어하였고, 어려움이 닥치면 남 이용하려들거나 희생자가 생기면 서로 남 탓하기 시작하였다. 무리의 대부분은 뚱뚱한 몸으로 어기적거렸고, 이들은 포식자들에 손쉽게 사냥당하기 시작하였다. 그러자 예전의 터전 찾아가거나 새 터전 찾아 떠나가는 자가 다시 생겨났다.

 찬바람이 몰려다니기 시작했다. 대부분의 풀이 죽었고 많은 나무들이 그 이파리 떨어뜨렸다. 살아남은 자들은 다시 새 보금자리 만들거나, 기존 굴 손질하거나 만들어 두었던 건초를 보금자리 주위로 옮기며 겨울 준비하였다. 토식이도 그동안 만들어 두었던 자신의 보금자리 더 보강하고, 구석구석에 낙엽과 풀들로 채워두었다. 이들은 비상식량도 되고 추위도 막아줄 것이었다.
 갑자기 눈이 왔다. 이어서 큰 추위가 들이닥쳤다. 모두가 자신의 보금자리에서 잔뜩 웅크린 채 들어박혀 있었다. 또한 주위의 먹다 남은 것 먹거나, 멀지 않은 곳의 덤불이나 넝쿨 갉으며 이번 추위가 지나가기만 바라고 있었다. 한편, 날씨는 좀 풀리는가 하면 새 추위가 급습하여 살아있는 것들 위협하곤 하였다.

 그러나 삵은 눈 속까지 뒤지며 먹이 찾았고, 부엉이는 밤에 보금자리 속 작은 소리까지 집중하여 먹이 찾았다. 사람들도 길목 곳곳에 올무 설치하고는 죽은 이들 회수하여 갔다. 그 올무에 걸린 이들은 자신의 존재 들킬 새라 그 위급 속에서도 큰 소리도 못 내고 버둥거리다가 하릴 없이 죽어갔다.

 토식이는 어느 날 친구들에 뒤쪽 산의 절벽 위로 가보자고 하였다. 그러나 선뜻 나서는 자는 없었고, 토식이는 홀로 절벽 위로 올라 그 능선과 위쪽 분지에서 한동안 지내었다. 토식이는 이제 어디쯤에 어떤 바위나 나무가 있고 어디쯤이 경사가 급하고 절벽인지 눈 감고도 알 수 있을 만큼 그 일대 훤히 알게 되었다. 그러나 겨울은 먹이가 귀해 힘들었으므로 자주 다니지는 못하였다. 그러나 힘 솟는 날이 있었고, 눈이 휘날리는 날에는 기분이 좋아져서 부지런히 나다녔다. 일부 눈이 녹아 털이 축축해졌지만 큰 문제 없었다.

작은 도랑이 있는 위쪽 분지에는 나무들의 이파리가 떨어지자 빛이 제법 들고 있었다. 그리고 이곳저곳 잘 보였다. 그런데 그보다 좀 높은 언덕 위에 작은 분지가 또 하나 있었다. 그곳에는 맑은 물의 한 옹달샘이 있었고, 아래보다 햇빛도 더 잘 들었다. 어떤 다른 동물의 흔적도 없어 보였고, 하늘의 솔개만 조심하면 될 것 같았다. 바위 아래 아늑한 곳도 있었는데 토식이는 그곳에 특별히 보금자리도 만들어 두었다.

햇빛이 점점 높아지며 따뜻해지고 있었다. 토식이는 외로움이 점차 몰려왔고, 아래의 넓은 분지로 다시 내려가게 되었다. 토식이는 그곳에서 자주 눈길 가던 한 여자 친구가 있었다. 하루는 그녀가 토식이에 다가왔다. 그녀는 언제부턴가 토식이에 오빠로 부르고 있었다.

"오빠, 나 오빠 따라 절벽 위에 한번 가보고 싶어. 그곳이 무섭긴 하지만. 이곳은 익숙하긴 해도 불안하여 잘 나다니지도 못하니 이곳의 삶도 한심한 편이지. 그런데 난 험한 곳 다녀보지 않아서 걱정되긴 해."

"응, 거기는 꽤 험하고 또한 무슨 일 닥칠지 모르니까. 거기 가기 전 좀 운동해서 체력 키워두는 게 좋을 거야."

그녀는 자신의 보금자리 주위에서 운동 시작하였다. 주로 달리기였다. 토식이는 주위에서 천적의 접근 등 위험 없는지 지켜봐 주었다. 며칠 지나자 그녀는 자신 있다며 언제든 그곳 가보자고 하였다.

둘은 며칠 후 능선 위로 출발하였다. 그녀는 제법 재빠르게 토식이 따라 다녔다. 그녀는 절벽 위에 오르자 그 전망에 감격하였다. 자신이 머물던 곳이 마치 한 점처럼 작게 보였다. 그리고 어떤 위험도 잊고 마구 뛰어 다녔다. 토식이는 불안했지만 큰 위험 없어 보였으므로 그냥 두었다. 첫날은 절벽 위의 능선에서 주로 시간 보내었다. 그리고 해가 서산으로 제법 기울자 서둘러 다시 내려왔다.

토식이

2부

 점점 날씨가 따뜻해지고 먹을 게 조금씩 늘어나자 둘은 더 자주 능선 위로 오르게 되었다. 하지만 자주 오르다보면 포식자들의 관심도 끌 것이기에 둘은 조심히 다녔다. 그런데 능선에는 키 작은 나무가 대부분이었고, 나무들도 간간이 자라고 있었으므로 시야확보가 쉬운 편이어서 맘껏 뛰어다니기도 하였다.

 그녀는 특히 위쪽 분지의 보금자리 맘 들어 했다. 그래서 둘은 자주 거기 머물게 되었으며 둘은 거기서 사랑도 나누게 되었다. 토순이는 거기서 봄이 한창인 때 귀여운 아기 넷 낳았다. 그녀는 갑자기 신경이 날카로워졌으나 토식이는 아랑곳 않고 그녀에 부지런히 먹이 날라다 주었다.

 토순이가 아이들과 보금자리에 머물고 있을 때는 토식이는 혼자 능선에 올라 맘껏 달려도 보았다. 이때 토식이의 몸은 발이 땅에 닿지 않는 듯 가벼웠고, 온 세상이 자신의 발치 아래에 있는 듯하였다.

 밤이면 보름달이 그 보금자리 위로 가까이 지나갔다. 그 보름달은 밝게 빛나며 온 세상에 은가루 뿌리는 듯하였다. 그 달에선 무서운 동물도 아니 보였고, 마냥 평화롭고 여유로워 보였다. 토식이는 그녀와 함께 그곳에서 살 수 있다면 더없이 행복할 것 같았다. 어떤 날에는 보름달이 능선 가까이 있었는데 거기서 펄쩍 뛰기만 하면 그에 뛰어오를 수 있을 것 같이 느껴지는 때도 있었다. 어느 날 밤에 토식이는 그 능선 위로 올라가기로 하였다. 달빛은 그 밝기만큼이나 곳곳에 어두운 그림자도 드리우고 있었는데 그 그림자 속에는 여러 유령들이 숨어 있는 것만 같아 온몸이 덜덜 떨렸지만 토식이는 용기 내었다. 그러나 그 능선 위에서도 달은 또 그만치 떨어져 있었다.

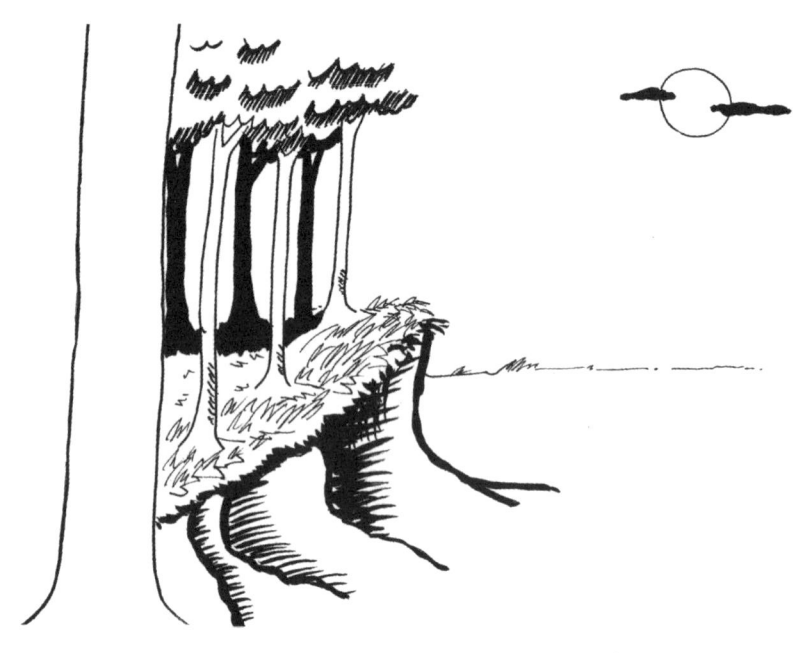

 아이들은 하루가 다르게 성장해갔다. 어느 듯 아이들은 엄마 아빠가 가는 곳이면 어디든 따라 나서려 하거나 아무 곳이나 나다니기까지 하였다. 결국 하나가 포식자에 희생되었는지 부모 곁으로 돌아오지 못하였다. 아이들이 더 자라나자 토식이는 남은 아이들 데리고 능선에도 올랐다. 아이들은 곧잘 다른 곳에 한 눈 팔거나 자기들끼리 장난치고 있었는데 갑자기 한 솔개가 들이 닥쳐 한 아이 낚아채어 갔다.

어느 날 토순이는 딸 하나 데리고 절벽 아래로 내려가 겠다고 하였다. 토식이는 그녀가 옛 터전에 돌아갈 때까지 주위 경계해 주었다. 토식이는 한 아들과 남게 되었다. 둘은 자주 능선에 올라 시간 보내었다. 동쪽 능선 쪽에도 머물러 보았고 서쪽 능선 끝에도 가보았다. 서쪽 능선 끝으로 가는 길에는 앞쪽으로는 거의 절벽이 늘어서 있었고 뒤쪽으로는 대개 가파른 사면에 키 작은 참나무들이 빼곡히 자라고 있었다.

서쪽 능선 끝의 그 남서쪽 아래엔 넓은 들과 인가가 보였다. 그런데 그 너머 빗겨진 곳엔 크고 작은 정취 있는 바위산이 줄지어 있었고, 구불구불한 강에는 둥근 바위들이 엎드려 있었다. 물은 그곳 조용히 흐르고 있었으며, 그 위에는 물새들이 한가롭게 날고 있었다. 마침 석양이라 그쪽 하늘은 온통 아름다운 분홍색이었는데 지상낙원이란 바로 그러한 모습일거란 생각까지 들었다. 아들은 서쪽 너머의 아름다운 산과 계곡 있는 곳 바라보며 말하였다.

"아빠, 나는 저 서쪽의 아름다운 곳에 가고 싶어."

"응, 그러나 그곳은 꽤 먼 곳이고, 또 위험할지 모르지. 그곳은 아름다워 보이지만 틀림없이 험한 곳일 거야. 뭐든 멀리서 보면 아름답게 보이는 법이니까. 아름답게만 보이는 숲도 그 속 들어가 보면 모기나 지네, 쥐나 뱀이 있고 무서운 먹이사슬도 있는 거지. 거기 가려면 지금부터라도 계획 세워 충분히 준비해 둬야겠지. 아빠도 거기가 무척 궁금하지만 아빠는 네 엄마가 아빠 다시 찾을지 모르니 여기 있지 않으면 안 돼. 그런데 아빠는 하늘 날아다니는 새들의 재주가 부러워. 그들의 날갯짓도 나름 힘들겠지만. 하늘 나는 그 자체보다 바람에 휩쓸리지 않는 그 바람 타는 기술이 부러운 거지. 좋은 삶이란 세상의 조류에 휩쓸려서 그에 희생되기보다 세상의 조류 올라타고 자유롭게 그 즐기는 삶이겠지. 세상의 분위기에 편승해서 죄짓고 괴로워하기보다 그 속에서 자유롭게 헤

엄치는 삶이겠지. 아니면 그 밖에서 유유자적하며 초월하는 삶이겠지. 또한 신의 의지에 맞서 싸우다가 신의 미움으로 패망하는 삶보다 그 의지 이용하여 한발 앞서가는 삶이겠지."

토식이와 아들은 주로 그 능선에서 수련과 운동 시작하였다. 목마를 때는 윗분지의 옹달샘에 다녀왔다. 아들은 토식이의 지시 잘 따랐다. 작은 나무 타넘기, 쏜살같이 내닫기, 급히 방향틀기, 나무타기 및 나뭇가지에 올라 중심잡기 등이었다. 심지어 올무에서 벗어나기 위해 목에 무엇이 걸렸을 때 갑자기 멈추기나 그 이완 위한 목 흔들기, 앞발로 그 넓혀 빠져나오기, 그 매여져있는 나무줄기 갉기 등도 연습하였다. 이는 토식이의 경험 아닌 추론으로 시도해 보는 것이었다.

어떤 상황에서도 침착과 냉정 유지하기 위해 명상 통한 마음 수련도 시도하였다. 우선 조용히 앉아 마음 가라앉히고 자신의 호흡에 집중하여 세상 바라보는 것이다. 이는 흥분 않은 상태에서 있는 그대로의 세상 바라보고, 있는 그대로 이해하여, 있는 그대로의 세상 알아차리자는 것이다. 그리고 그 확실한 앎의 바탕 위에서 현실에서 단호히, 그리고 확고히 대처해 나아가자는 것이다. 잘못된 앎으로 잘못된 선택하게 되면 돌이킬 수 없는 결과 낳을 수 있기 때문이다. 이 마음 수련은 주로 이른 아침에 옹달샘에서 맑은 물 마신 뒤 보금자리 근처에서 하였고, 이는 토식이가 예전부터 그 필요성 느낀 일이었다.

토식이는 아들에 말하였다.
"우리가 삶에서 대개 비겁히 살게 되는 건 용기가 없어서라기보다 어떤 사실 명쾌히 알지 못하기 때문일 거야. 앎이 명쾌해지면 생각이든 행동이든 좀 더 분명해지리라고 보거든. 또한 앎이 명쾌해지면 어떤 상황에서도 초조나 불안, 슬픔이나 기쁨도 어느 정도 초월할 수 있을 테지. 그런데 그 앎이란 나를 제대로 아는 데서 출발해야겠지. 나와 내 주위의 확장이 이 세상일 테니까. 내가 가진 것의 소중함 잃어버리면 안 돼, 나의 장점 잃어버리고 남의 장점 부러워만하면 안 돼, 내 주위의 장점 잃어버리고, 먼 곳의 장점에 취해서 주위 무시하거나 가까운 이들 슬프게 해서도 안 돼. 물론 먼 곳에 장점 있다면 배워야겠지. 그러나 이는 나의 장점에 덧붙여진 부가물에 머무는 게 좋겠지. 그의 장점이 무지 크더라도 말이야. 아니면 자신 잃어버리고 언젠가 타락의 길 접어들지 모르니까. 먼 곳에 있는 자들의 지적에 함부로 경거망동해서도 안 돼. 그것은 대개 나의 운명과 상관없는 자들의 무책임한 지적일 테니까."

어느 날 아들은 작심한 듯 아빠에 다가왔다.
"아빠, 이제 난 서쪽 너머의 계곡 쪽으로 떠나고 싶어."
"응, 그게 네 꿈인 이상 언젠가 도전해 봐야겠지. 그러나 항상 조심해야 해. 움직일 때는 미리 숨을 곳, 피할 곳 봐 두고서 대비해야 하고, 또한 충분히 살펴서 있는 그대로 알아차려 제대로 판단해야 해. 잘못된 지식은 나의 우방이 아니라, 오히려 적군인 법이니까. 그리고 자신 노리는 적에는 냉혹히 대처할 수 있어야겠지. 잠깐의 방심과 위선의 아량은 적들에는 오히려 나 패망시킬 절호의 기회일 테니까. 그런데 그곳에서 도저히 적응하기 힘들면 다시 돌아왔으면 해. 이곳의 산 능선은 억센 풀만 있고, 위쪽 분지는 넉넉 않은 장소이지만 그럭저럭 살 수 있는 곳이니까. 그리고 머리 맞대고 방안 찾다보면 의외의 좋은 안 찾을 수도 있을 테니까. 어쨌든 아빠는 네가 자랑스럽구나."

"아빠, 그런데 우리 토끼들은 왜 이렇게 여러 포식자들에 쫓기며 살아야만 하는지 모르겠어."

"그건 태초에 토끼들이 풀 뜯기로 한 다음부터의 운명이겠지. 그런데 이 기본 운명은 바꿀 수 없을 테지. 풀 뜯기란 대개 쉬운 일이지. 한 줌의 흙이라도 있다면 풀은 쉽게 자라고, 그 풀은 쉽게 구할 수 있으니까. 우리 토끼들은 그 쉬운 길 선택한 것이지. 그런데 쉽고 편한 길은 많은 이들이 찾아드니 포식자들도 당연히 그곳에 기웃대는 것이고, 결국 거기서 희생자도 생기는 것이겠지. 그런데, 아빠는 형제자매 모두 잃고서도 운 좋게 지금껏 살아남았지만, 이 행운도 장담 못할 테지. 행운에 취해 위험 잊는다면 결국 지난 행운이란 것도 위험의 전주곡에 불과할 테니."

"아빠, 아빠는 이 세상이 어떻게 굴러간다고 생각해?
"누가 특별히 통제한다기보다 이 세상은 그냥 내버려져 있다고 생각해. 이 산은 이렇게 내버려져 있고, 풀과 나무들은 이 버려진 산에서 알아서 적응해 살고 있고, 우리들도 이렇게 알아서 살아가는 거지. 내버려져 있기에 심판관도, 특별히 상이나 벌주는 자도 없지. 그러기에 힘이나 지혜 가진 자라면 누구든 이 세상 지배하거나 어리석은 자 이용하려 들게 되는 거지. 내버려진 곳에선 누구든 알아서 자신의 삶의 방안 찾아야 하고, 아무도 대신해 살아줄 수도, 책임져 줄 수도 없지. 내버려진 세상에서는 그 선택한 대로 보상받고, 행하는 만큼만 세상이 변화되어 나가겠지. 그러니까 나의 행운이나 불행도 그 책임은 내게 있는 거지. 내가 그 길 선택해서 갔을 테니까. 우리가 미래에 가질 세상이란 것도 지금 내가 행하는 대로 만들어지겠지. 극락이나 천국도 우리가 인도되어 갈 대상이 아니라 우리가 만들어가야 할 대상인 거지. 판단은 냉정해야겠지. 가끔 감성에 빠질 수 있고, 또 이는 이해와 사랑의 미덕으로 발전할 수도 있겠으나 누구든 자만이나 오만할 수 있고, 시기나 질투할 수도 있으니 장담하긴 어려운 거지. 우리가 때로 무리 이루어 살지만 이는 반드시 서로 사랑해서라기보다 공동생활이 살아남기에 더 유리하기 때문이기도 하겠지. 그런데 공동생활에서 기회주의

문화가 대세 되어 서로 의심하여 미워하거나 싸우고, 서로의 불행 바라게 된다면 공동생활이란 오히려 살아남기에 더 불리할 수 있는 것이고, 그렇다면 굳이 공동생활의 이유도 없어질 테지. 공동생활이 단지 삶에 유리하기 때문에 선택되어졌다면 무리가 커질수록 악의 세상으로 나아가기도 쉽겠지. 각자는 선으로 통제 받는 게 아니라 공동이익으로 더더욱 통제받게 될 테니까. 산의 나무와 풀들은 각자의 깜냥으로 살고 있지. 이들 각자는 자신의 선의 기준으로 자신 통제할 수 있고, 결과적으로 우리들보다 더 선하게 살 수 있는 것이지."

"아빠, 위험 없는 평화로운 세상이 있을까?"

"아마 그런 세상은 없을 거야. 우리가 생존하려면 풀 뜯어야 하고, 풀들은 상처 입을 수밖에 없으니까. 그런데 풀들은 여간한 상처도 극복할 만치 재생력이 대단한 편이지. 그런데 우리가 서로에 상처 줄 수밖에 없는 존재라면 이 현실 슬퍼하기보다 풀처럼 재생력 키우든지 오뚜기처럼 다시 일어설 수 있어야겠지. 다만 우리가 소박히 살면 풀잎 덜 뜯게 될 거고, 비쩍 마른다면 포식자들도 우릴 덜 노리게 되겠지. 또한 우리가 마치 고슴도치처럼 사냥하기 어려운 존재 된다면 그럭저럭 평화도 오겠지. 그런데 고슴도치는 거추장스런 가시투성이의 몸 자체만으로도 궁벽하게 살게 되니 그도 쉬운 일은 아닐 테지. 그런데 우리가 고슴도치 되긴 어려우니, 포식자들이 잡아먹으려 않을 만큼 나무작대기처럼 비쩍 마르거나, 그들이 쉬 포기할 만큼 아주 날렵해지거나, 무리의 힘 합쳐 대항해 싸우거나, 적들이 범접하기 어려울 만큼의 고차원 문명 이루거나 해야겠지. 이 세상은 전진만 할 뿐이지. 지난 과거는 절대 다시 되돌아오지 않아. 그러므로 부단 없는 전진만이 의미 있는 삶이겠지. 포식자가 개과천선할 일은 없을 거야. 설사 그들이 평화의 손짓 해오더라도 그들에 속아선 안 돼. 그들의 평화란 우리들 희생의 제물로만 쌓을 수 있을 테니까."

토식이의 아들은 곧 서쪽으로 떠났고 토식이는 이제 위쪽 분지에서 여러 삶의 궁리 하였다. 그곳은 사실 키 큰 나무가 많을 뿐 그리 좁은 곳은 아니었다. 토식이는 일단 나무타기 시작하였다. 토식이는 강한 발톱이 없었기에 앞발로는 나무 감싸 안고 뒷발의 힘으로 조심히 오르려 하였다. 그러나 아주 굵어 끌어안기 힘든 나무나 오르기 힘든 미끄러운 껍질의 나무는 제외하였다. 한창 자라나는 나무들 위주로 그 줄기 미리 잘라 두어 더 이상 못 자라게 하거나 줄기 위의 작은 가지들 가지치기하여 아래쪽에 충분히 햇빛 들게 하려는 것이다. 토식이의 튼튼한 앞니는 크게 도움 되었다. 그리고 겨울 대비해 나뭇잎과 풀들 모아서 보금자리 근처에 쌓아두기도 하였다.

 토식이는 그곳 생활이 외롭고 힘들었지만 매일같이 그 일에 매달렸다. 그리고 가끔 능선에 올라 토순이가 사는 곳 바라보거나 아들이 떠나간 곳 바라보았다. 토식이는 이 선택에 나름 확신 있었기에 맘이 그럭저럭 평화로웠다. 그러나 무언 중 토순이와 아들에 이렇게 빌고 있었다.

 '끝까지 가려 마. 그 너머는 낭떠러지고 위험할 테니까. 자신 너무 시험하려 마. 그 너머는 자신의 한계 넘어 제자리로 못 돌아올지 모르니까. 신을 시험하려 마. 그 너머는 이미 신의 품안이 아닐지 모르니까.'

다음해 봄이 한창인 때 토순이가 그곳 올라왔다.

"당신 곁에 머물고 싶어요. 딸은 잘 커서 내 곁 떠났어요. 그런데 사람들이 아래쪽 분지의 일부를 농경지로 만들어 버려서 그곳 터전이 좀 좁아졌어요. 그들은 그곳에서 기계로 일하였고, 그 기름먼지가 주위 이파리의 솜털에 잔뜩 붙게 되었죠. 농약 친 이파리 뜯은 친구들은 일부 죽기도 했어요. 그리고 터전 잃은 이들은 포식자들에 많이 당했어요. 그런데 이곳도 너무 외진 곳이라 그리 맘

에 들진 않죠."

"반갑소. 물론 고립되면 발전된 삶 살기 어렵고 상대적 퇴보된 문화 가지기 쉬울 것이오. 그러나 내가 잘 살아낸다면 나의 문화가 그들에 도움 줄 수도 있을 것이오."

위쪽 분지의 계곡은 토식이의 노력으로 점점 넉넉해져 갔다. 그녀는 만족했으며 토식이의 일도 도왔고, 다시 몇 아이도 낳았다. 토식이는 나무타기하다가 그 나무에서

가끔 떨어지기도 했지만 떨어질 수 있는 곳에는 미리 풀이나 덤불 깔아 두었기에 그다지 다치지 않았다. 하루는 토순이가 토식이에 물어왔다.

"우리의 운명은 어찌 될까요?"

"뭘 장담할 수 있겠소? 다만 내가 살아 있는 동안 최선 하는 것이오. 그렇게 살다보면 방법도 보이고, 수단도 발전할 것이라고 보오. 내가 추구하는 것은 부유와 안락이 아니오. 지금의 문제 고민해서 개선해 나가는 것이오. 물론 뜻대로 안 될 수도 있겠지만. 그러나 그렇게 노력하다 보면 언젠가 우리의 먼 후세 중에서라도 궁극의 길 발견하는 자가 나타날 것이라고 생각하오."